雨宮むぎ

Ill. kr木

SNSで超人気のコスプレイヤー、

教室で見せる内気な素顔もかわいい

#SNS #Superpopularity

#Cosplayer #Classroom #Shynes

#Unpainted-face #Cute

人物紹介

桜宮瑞穂	亮介のクラスメート。人見知りで教室ではおとなしいが、コスプレをすると人が変わったように明るくなる。
最上亮介	特にこれといった趣味もない平凡な高校生だったが、コスプレ姿の瑞穂に一目惚れし、カメラの勉強を始める。
香月杏奈	亮介たちとは別の学校に通うコスプレイヤー。瑞穂と一緒に撮影をする仲。
桃山莉子	コスプレイヤーを撮影することが趣味で、同じ学校の杏奈の撮影を担当している。
最上夏帆	亮介の姉で、そこそこ人気の同人作家。だらしない性格だが、いざというときは頼りになる。

「じゃあ次のシーン撮りましょう」

「わ……わかった」

SNSで超人気のコスプレイヤー、教室で見せる内気な素顔もかわいい

雨宮むぎ

角川スニーカー文庫

23077

口絵・本文イラスト／ｋｒ木
口絵・本文デザイン／ＡＦＴＥＲＧＬＯＷ

目次

NUMBER　TITLE　PAGE

#SNS #Superpopularity #Cosplayer
#Classroom #Shyness #Unpainted-face #Cute

#SNS #Superpopularity #Cosplayer
#Classroom #Shyness #Unpainted-face #Cute

プロローグ

正直なところ、十八禁などというのは有名無実の規定だと言わざるを得ない。

選挙の時に高々と掲げられる公約や、生徒指導室に呼ばれて書かされる反省文と同じようなものだ。守られるといいなー、でもどうせ守られないんだろうなー、くらいのノリで書かれているはずである。

健全な思春期男子がそういったものと無縁なまま十八歳を迎えるなんてありえないし。

だから気にすることはない――それが姉である最上《もがみ》夏帆《かほ》の主張だった。

「……あのさあ」

「亮介《りょうすけ》だって、十八禁コンテンツにお世話になったことないなんて言わないでしょ？　というか押し入れの箱に色々隠してるのは知ってるし」

「待った待った、なんでバレてるんだよ!?」

「とにかく、今日はよろしくね亮介。約束通りバイト代は弾むから」

「いやいや……まじかよ」

亮介は頭を抱えながら、数日前の自分を呪っていた。

夏休み。部活に入っているわけでもなく、遊びに出かけるような恋人もいない亮介は時々男友達と遊ぶ以外は家でだらだらと過ごしていた。しかし暇を持て余してきたのでバイトでもやってみようかと求人の雑誌を見ていると――夏帆が食いついてきたのだ。

何でも、一日限定の良いバイトがあるからやってみないかと言う。接客の仕事だとしか説明はされなかったが、時給がかなり良かったこともあり素直に乗ることにした。そうして連れてこられたのが国際展示場《こくさいてんじじょう》駅だった。

嫌な予感をひしひしと感じたが、その予感は正しかったようで。

満面の笑みを浮かべた夏帆から仕事の説明を受けて、亮介はげんなりしていた。

「あのさあ、姉さん。俺だって十八禁コンテンツに触れたことがないとは言わない」

「うんうん、そうだよね！」

「でも、これはさすがに一線を越えてるだろ！」

最上亮介、高校一年生。年齢は十六歳。

一応十八禁を触ってはいけないはずの年齢であるにもかかわらず――表紙からして肌色全開な、十八禁の同人誌を売らされそうになっていたのだった。

「ビニールしとけば売り子が十八歳未満でもいいって規定なんだよー。だからセーフ！」

「いや正直こんなもん売るのめちゃくちゃ恥ずかしいんだけど」

「失礼だなー。あたしが丹誠込めて描き上げた新刊だっていうのにさー！」

「内容とかじゃなくて、エロ同人誌を売るのが恥ずかしいって話だよ！」

現在大学二年生である夏帆は、界隈《かいわい》ではそこそこ有名な同人絵師という話だ。エッチな絵を描いては「見てー亮介、これ超エッチじゃない？」と見せてくるので閉口させられているものの、技術に関しては身内贔屓《びいき》なしに相当なものだと思う。

そんなわけで、亮介の仕事は夏コミ会場での手伝いだった。

売り子として同人誌を売るのを手伝う。一冊が五百円で、千部ほど用意してあるからそれが売り切れるまでということだ。売り上げ金はキャッシュケースで管理する、まとめ買いの冊数は制限する――諸々《もろもろ》の説明を受けているうちに、亮介は半ば諦《あきら》めていた。

「……まあ、いっか。姉さんと一緒なんだし」

「何言ってんの？　売り子やるのは亮介だけだけど？」

「はあ？」

「そのためにバイト代払って連れてきたんだよー。あたしは買いたいもの大量にあるから朝一からあちこち回ってくるつもりだし！　というわけで、頑張ってね！」

「あっ、ちょ！　待ってよ姉さん！」

夏帆がばいばーいと手を振って走り去っていくのと、開場のアナウンスが流れたのは、ほとんど同時のことだった。


「くっそ、姉さんめ……呪ってやる……」

そして二時間後。

亮介は機械のように手を動かし続けながら、そんなふうに愚痴をこぼしていた。

十八禁の同人誌を手売りするのは最初こそ恥ずかしかったものの、十分もしないうちに慣れた。「作者さんですか？」と話しかけられるたびに姉の手伝いに来たのだと説明するのもすぐに慣れた。

どうしようもなかったのは、灼熱《しやくねつ》地獄ともいえるほどの暑さである。

とにかく、見渡すかぎり人で埋め尽くされているのだ。

コミケ初参加の亮介は経験したことがなかったが、八月という一年で最も暑い月に十万単位の人が一堂に会するのだから大変なことになるのは目に見えている。汗を拭《ふ》いても拭いてもきりがないし、持って来た飲み物も底をつきかけていた。

「新刊一部くださーい！」

「こっちは二部お願い！」

「はいはーい！　少々お待ちください！」

途切れることのない行列を前に、ひたすら同人誌を売り続ける。夏帆の描いた同人誌を求めてこれだけの客が来るなんてすごいことだが、今の亮介にはそんな感慨に浸っている余裕なんてこれっぽっちもなかった。

そうして次から次へと客を捌《さば》いていると、山のようにあった同人誌もずいぶん数を減らしていた。あと十分か二十分すれば売り切れそうだ。その旨連絡を入れたところ五分もしないうちに夏帆が姿を現した。

「おつかれさーん！　お、ほんとにそろそろ売り切れそうだね」

「ああ、うん……それよりすごい荷物だな」

「色々買ってきたからねー。ほい、それじゃああたしは列整理に行ってくるからあとちょっと頑張ってもらうよー！」

「はいはい」

夏帆は大荷物の詰まった袋を置いていくと、軽快な足取りで最後尾へ向かっていった。

それからもしばらく同人誌を売り続け、ようやく最後の一人へと売り終わると、亮介はぐったりと机に突っ伏した。

「ようやく終わった……」

「はい、亮介。これでも飲みなよ」

「え？」

「クーラーボックスに入れといたから、キンキンに冷えてるよー。こんな暑さだし水分補給は大事大事！」

「えっと、ありがとう姉さん」

ペットボトルを受け取ると、よく冷えたスポーツドリンクを喉《のど》に流し込む。

体の深い部分にまで冷たさが染みわたり、一気に生き返った。

何だ、姉さんも気が利くな――評価を改めようと思った亮介だが、それも夏帆の次の言葉を聞くまでだった。

「これからも亮介には存分に動いてもらわないといけないからねー」

「……はい？」

「当たり前じゃん。今日は一日拘束って言ってあるでしょ」

「いや、もう売り切れてるけど。もしかして追加の在庫とか用意してたの？」

そうじゃないよーと夏帆は肩をすくめ、鞄《かばん》から紙を取り出して亮介へと手渡してきた。

「はいこれ。亮介に買ってきてほしいものリスト」

「え？　俺にも姉さんの買い物を手伝えと？」

「そのとおーり！　ほら、お金は五万円くらいあれば足りるから。お釣りが出るの嫌がられるから売り上げ金から五百円玉と千円札詰めていってねー」

有無を言わさず軍資金を詰めた財布を突き出してくる夏帆。

「じゃあ、行ってらっしゃーい！　あたしも後片付けすませたら買い物に行くから！　もちろん効率重視のために別行動だけどねー」

「はいはい、わかりましたよ」

本当に人使いの荒い姉だな、と半ば諦めるようにため息をついてから、亮介は地図片手に人混みのなかへと向かっていった。

○

「……迷った」

そして夏帆と別れて十分後、亮介は呆然《ぼうぜん》と立ち尽くしていた。

詳細な地図があるのだから迷うはずなどないと思っていたが、甘かったようだ。ぼんやりしているうちに人の波に飲み込まれてしまい、地図を開く余裕もないままにぐいぐい押し出されてしまった。

流れに任せて歩き、ようやく解放されたとき亮介が立っていたのは屋外だった。

天気は快晴、時刻は昼の十二時過ぎ。ぎらぎらと輝く太陽が皮膚を焼き、屋内とはまた違った暑さが襲ってくる。こまめな水分補給を繰り返しながら、亮介は一度落ち着いて地図を取り出してみた。

「えーと、ここはどこだ？」

適当に歩きながらあたりを見回してみると、同人誌即売会とはちょっと毛色の違う景色が目に入ってくる。アニメからそのまま飛び出してきたような、カラフルで派手な衣服を着た人たちが歩いているのだ。

その周りには、プロのカメラマンが使うような立派な一眼レフを手に持ってパシャパシャとシャッター音を鳴らす人たち。

「……あれが姉さんの言ってたコスプレエリアか」

朝に聞いた話が頭に蘇《よみがえ》り、合点がいった亮介はぽんと手を叩《たた》いた。

コスプレイヤーというのもあまり馴染《なじ》みのない存在だ。面白そうなので見物していくことにする。夏帆に頼まれた買い物はあるけれど少しの寄り道なら問題ないだろう。

そうして近づいてみるとたくさんの声が聞こえてきた。

「目線くださーい」「こっちもお願いします」「すみません撮影いいですか？」「カウントとりますね」「ありがとうございまーす」「あとで写真送りますねー」「これ自分のTwitter なんでDMに写真ください！」「あっフォローしますよ！」

同人誌を売っている屋内に負けず劣らず、こちらも賑《にぎ》わっているみたいだ。カメラだけでなく本格的な撮影器具を用意している人もいて気合いがすごい。観光客のような気分で雰囲気を味わっていた亮介だが、そこで正面に明らかに異質な人だかりを見つけた。

何かイベントでもやっているのだろうか。

そう考えていると、近くで話しているカメラを持った二人組の声が耳に入ってきた。

「うわっやべー、誰の囲みだよあれ？」

「サクラだよ。コスプレしてるのは『モノコン』のミリア＝アラケルだって」

「えっまじかよ！　俺サクラちゃん撮りてーんだけど！」

「諦めろ、あの囲みだぞ。さすが話題の神コスプレイヤーって感じだな」

サクラというのがコスプレイヤーの名前らしい。

どうやらイベントとかではなく、たった一人を撮っている人だかりのようだった。

百人や二百人ではすまない人数を集めるなんて、いったいどれほどのコスプレをしているのだろう。純粋な好奇心から亮介は人混みの方に向かい、人と人の隙間から覗《のぞ》いてみた。

そして、思わず、息を呑《の》んでしまった。

「………やっべえ」

鮮やかな銀髪、凛《りん》とした表情に装飾の施された純白の戦闘服。

手には長い槍《やり》を持ち、強大な敵が眼前に迫っているかのような緊張感を放っている。

少女とその周辺だけファンタジーの世界から切り出されてきたような、見る者を圧倒する迫力がそこにはあった。

亮介はアニメ方面の知識に疎いから、屹然《きつぜん》と立つ少女が何の作品のどんなキャラをコスプレしているのかはわからなかった。でも、素人目でもそのクオリティの高さはわかる。コスプレエリアで見てきた他のコスプレイヤーとはまるで次元が違うように感じたほどだ。

普通のコスプレイヤーが「キャラを演じてみた」のだとすれば、銀髪の少女は「キャラになっている」というのが、近いのかもしれない。

ともかく、亮介は夢中になって見入ってしまう。

思わず、周りに倣ってスマホ片手に何枚か写真を撮ってしまっていた。

人混みは更に拡大していたが、とはいえこの暑さで撮影が無限に続くことはなく、終わりの時間というのは必ずやってくる。

「カウントとりまーす！　五、四、三、二、一……終了です！」

一人がそう声を張り上げ、カウントが終わると写真を撮っていた人たちはありがとうございましたと気持ちのよい挨拶《あいさつ》をしてばらばらと離れていった。銀髪の少女もそれに応《こた》えて一礼し、それから傍に置いていた小さなリュックを背中に担いでとことこと歩き出す。

そして、少女は亮介の隣をすうっと通り過ぎていった。

直射日光に長く晒《さら》されていたはずなのに、汗のにおいは全くせず、代わりにほのかに甘い香りが漂ってきた。

その姿に釘付《くぎづ》けとなってしまったせいで……亮介は、少女のポケットから何かが落ちたことに気づくのが遅れてしまった。

「あっおい！　今、これ落としたんじゃ……」

結果的にそう声をあげたタイミングには少女の姿はずいぶんと離れてしまっていた。ががやがやと騒がしいせいでこちらの声は向こうまで届かない。

慌てて駆け寄ろうとした亮介は、そこで他の来場者と衝突してしまう。尻餅《しりもち》をついてしまったがそれは相手も同じである。相手は手に荷物を抱えていたためそれが散乱してしまい、すみませんと謝りながら拾うのを手伝ったが、それが終わったときには少女の姿をすっかり見失ってしまった。

「……どうしよう」

落とし物の正体は財布だった。アニメ柄の小さくて可愛らしい財布である。

これがないと少女は困るだろう。しかし姿を見失った今、届けるためには何らかの手段で連絡をとるしかない。どうするべきか迷ったあげく、亮介は財布を開けて連絡先がわかるものを探してみた。

すると、けっこうな金額とともに入っていたのは、学生証。

そこに書かれた名前と高校名を見て、亮介は思わず頓狂《とんきょう》な叫び声をあげてしまった。

「う、うっそだろ!?」

桜宮瑞穂《さくらみやみずほ》、蒼橋《あおはし》高等学校。

蒼橋高校というのは、他ならぬ亮介の通っている高校であり。

桜宮瑞穂は、極度の人見知りとして教室で浮いてしまっている、クラスメートだった。

〇

「はあ、はあ……」

とりあえず瑞穂が歩いて行った方向目掛けて、亮介は走っていた。

財布の中に連絡先のわかるものは入っていなかった。そして瑞穂はクラスメートであるにもかかわらず、残念ながら亮介は連絡先を知らない。クラスのグループに入っていない瑞穂の LINE はわからないし、ましてや電話番号なんて知ってるわけがない。

最初は闇雲に走っていたが、見つけられないので聞き込みをすることにした。サクラというのは界隈《かいわい》ではけっこうな有名人みたいで、わりと簡単に目撃情報が手に入った。向こうの方に歩いていくのを見たという情報を二人から聞き、建物の中までやってくる。

「あの、すみません」

そして亮介は三人目に声をかけた。

ちょうど完売したらしく、ブースの片づけをしている二十代半ばくらいの女の人だ。息を切らしながら声をかけてきた亮介を見ると、その女の人はすこし表情を険しくした。

「えーと何か用でしょうか」

「サクラさんってわかります？　コスプレイヤーの」

「え？　あ、はい。わかりますけど」

「ここを通っていたら教えてほしいんです」

「……知り合いなんですか？」

すると女の人はちょっと眉間《みけん》にしわを寄せ、今までより一段階低い声を出した。

もしかしたら悪質な追っかけか何かだと思われているのかもしれない。

そう考えた亮介は慌てて弁解するように返答する。

「知り合いというか、一応クラスメートなんです」

「ああそうなんですか！　すみません、変なこと聞いちゃって」

クラスメートと告げると女の人はころりと態度を変え、友好的な態度を見せた。

「向こうに早足で向かっていたので、おそらく女子更衣室に行ったんだと思いますよ。地図持ってますか？」

「は、はい」

「ここをまっすぐ進んで、こっちです。一番奥まった場所ですね」

「ありがとうございます！　助かりました」

ぺこりと頭を下げて礼を言ってから、教えてもらった更衣室まで小走りで向かう。

しかし——あの銀髪少女が瑞穂だというのは、未《いま》だに信じられなかった。

ポケットから落とした財布に瑞穂の学生証が入っていたのだから、証拠は完璧《かんぺき》だ。だけど普段の姿とのギャップがあまりにも大きすぎて、亮介はなかなか受け入れることができなかった。

そもそも、瑞穂がコスプレをやっているなんて聞いたことがないわけで。

混乱した頭のまま更衣室の前に辿《たど》りついた亮介は、とりあえず出口付近で待っていることにした。さすがにもう出て行ったということはないだろう。女子が身だしなみを整えるのは時間がかかるものだし、コスプレ姿から普段の姿に戻すとなればなおさらのはずだ。

そうして五分ほど待っていたところで、瑞穂は出てきた。

(本当に桜宮だ……)

スーツケースを引いている瑞穂は、俯《うつむ》き加減だった。

下を向きどこか怯《おび》えたように、どこか自信なさそうに歩く姿はまさに教室で見る瑞穂。

亮介は走って近づくと、横から声をかけた。

「桜宮！」

すると瑞穂は驚いたようにこちらへと顔を向け、そして亮介のことを認識すると、びっくりしたように目をぱちくりとさせる。

「……ど、どうし……て」

蚊の鳴くような、耳を澄まさないとまともに聞こえないような小さな声。

それに対し、亮介は財布を取り出して手渡してやった。

「これ、さっきコスプレエリアでちょうど落としてるところ見て拾ったんだ。渡しに行こ

うとしたんだけど見失っちゃって、連絡先とかわからないかなと思って中探したら学生証見ちゃって……ごめん、悪気はなかったんだけど」

と、瑞穂はかあっと頰を紅潮させ、ただでさえ俯き気味なのにその顔を更にぐっと下へと向けた。おかげで亮介の方からは表情が見えない。

何て声かければいいんだろうと思っていると、瑞穂は顔を上げてぺこぺことぎこちなく二度お辞儀した。拾ってくれてありがとうございます、という意味のようだった。そしてそれが終わるや否や、スーツケースの持ち手を握り、逃げるように走り去ってしまった。

「あっ……」

突然のことに、亮介はその後ろ姿を呆然《ぼうぜん》と眺めることしかできなかった。

追いかけようかとも一瞬思ったが、明らかに逃げられているしやめておくことにした。とりあえず財布を返すという最大の目的は達することができたし、このままだと夏帆に頼まれていた買い物ができなくなってしまう。

ともかく――こうして亮介は。

クラスの誰も知らない瑞穂の秘密を、知ることになったのだった。

第一章　桜宮瑞穂のオンとオフ

#popularity #cosplayer #classroom #shyness #unpainted-face #cute

『【必見】今注目の可愛すぎるコスプレイヤーたち！【最新版】』

最後に取り上げたいのは、サクラという女性レイヤーです。

Twitter のフォロワー数が十万人に達するほどの人気の秘密は、キャラクターの再現度の高さです。衣装やメイクを細部までとことんこだわっているのももちろんですが、外見だけでなく中身までキャラクターになりきったかのような圧巻のクオリティは〈憑依《ひょうい》コスプレイヤー〉とも呼ばれる所以《ゆえん》です。

唯一の欠点は投稿写真がカメラマンによるものではないため、映えるテクニックを使いこなせていないことでしょうか。写真より実物の方が映えていると言われ、イベントでは何重もの囲みができるそうです。機会があったら足を運んでみるといいかもしれません！


「……何というか、すごいな」

二学期になって初めての登校日である、始業式の日。いつもより早く教室に着いた亮《りょう》介《すけ》はスマホ片手にとあるブログ記事を読んでいた。注目のコスプレイヤーを何人かピックアップして紹介するという内容で、最後には他でもないサクラが紹介されていた。

記事に埋め込まれているリンクをクリックして本人のアカウントに飛ぶと、たくさんの投稿が並んでいて、軒並みものすごい数の反応をもらっていた。

「これ、本当に桜宮《さくらみや》なんだよな……？」

あの日以来瑞穂《みずほ》とは会っていないので確認する機会もなかったが、あれだけ決定的な証拠を見たにもかかわらず亮介は未だに半信半疑という状態だった。

何せ、教室でのイメージと違いすぎるのだ。

教室での瑞穂は、端的に言ってしまうとかなり浮いている。

入学式の日の自己紹介で泣きそうな顔をしたまま無言を貫いたとき、クラスの全員がこの女の子は人見知りなんだなと理解した。最初はそれでも小動物のように可愛らしく庇護《ひご》欲をかき立てる外見のおかげで男女問わず好意的だったが、粘り強く話しかけてもまともに会話が成立せず、入学から五か月経った今ではすっかり孤立してしまっていた。

そんな超がつくほど内気な少女と、魅力的なコスプレ姿を投稿してたくさんの反響をもらっている少女が、亮介の頭の中でどうにも一致しなかった。

「うーん……」

「どうした亮介、新学期早々難しい顔して。もしかしてお前も宿題終わってないのか？」

「おっ佐藤《さとう》に鈴木《すずき》、それに高橋《たかはし》。久しぶりだな」

声をかけられ、亮介は顔を上げた。そこに立っていたのは亮介がよくつるんでいる三バカである。日本の苗字《みようじ》ランキング金銀銅がきれいに集まった三人衆は、休み明けでも変わらず元気のようだった。

「安心しろ、このオレも宿題は全く終わってない。何なら手をつけてない」

「僕もだよ。宿題は八月三十一日からやろうと決めてたんだけどやる気が起きなくて」

「佐藤、鈴木、お前ら期待を裏切らないな！　実は俺も何もやってない！　亮介もだろ？」

「……申し訳ないがとっくに全部終わらせてる」

亮介が白けた表情でそう言うと、三人は天変地異でも目撃したかのようなオーバーなリアクションで驚いてみせた。

「なに亮介⁉　お前まさか裏切ったのか⁉」

「待った、物は考えようだ。亮介が真面目だったおかげで僕らは宿題を写させてもらえる」

「おおっまじか！　心の友よ！」

「写させないし宿題くらい自分でやってくれ。それはそれとして、俺が難しい顔してたのはちょっと考え事をしてたんだよ」

「考え事？　まさか女絡みか？」

「まあ女絡みっちゃ、女絡みかもしれないな」

と、血走った目で胸倉を摑《つか》まれる。

「おい、亮介！　お前まさかこの夏休みで大人の階段を上ったのか？」

「誰？　もしかしてクラスメート？」

「クラスメートだな」

「クラスメートの誰だよ！　言ってもらうぞ！」

「いや……桜宮だよ、桜宮。夏休みにたまたま会ってな。本当に会っただけで会話とかしたわけじゃないんだけど、ちょっと気になることがあって」

そうやって瑞穂の名前を出すと、殺気立っていた三人は途端にトーンダウンした。

これだけでクラスでの瑞穂の扱いというのがわかるだろう。

可愛いけど、恋愛対象としてはナシ。大多数の男子生徒はそんなふうに考えているはずであり、それはこの三人であっても同じことだった。

「何だよ、それならそう言えよ。恋愛絡みだと思っちゃったじゃねーか」

「はーい解散」

「まあ、桜宮じゃなあ……と思ったけど佐藤って告白してなかったか？　四月に」

「ああ……そんなこともあったな」

佐藤は思い出したくない過去とばかりに、苦々しい表情を浮かべてみせた。

「四月の段階じゃ、けっこう本気でいいなって思ってたんだよ。だから思い切って告白してみたんだが、あれはトラウマものだった」

「どうなったんだ？」

「体育館裏で二人きりで、何にも喋《しゃべ》ってくれないんだよ！　ずーっと気まずい沈黙が続いて、一分くらいしたところで桜宮のやつちょっと泣き始めてさ！　ショックすぎて三日三晩寝込んだレベルには精神的ダメージが大きかった」

「……それはドンマイ」

亮介も何となくその時の様子が想像できてしまい、ぽんと佐藤の肩を叩《たた》いてやった。

「だから、桜宮に告白しようとか思ってるならやめとけよ亮介。先輩として忠告しておく」

「そういうんじゃねーよ。ちょっと気になることがあっただけだ」

そんな話をしていると、ちょうど瑞穂が登校してきた。教室に入ってくると誰とも話すことなくそそくさと自分の席に座って小さくなってしまう。いつも通り超がつくほどの人見知りを発揮している瑞穂を見ていた亮介だが、するとそこで目が合った。

慌てた様子ですぐに目を逸《そ》らされてしまったものの、亮介はそのままじっと見ていた。

（……桜宮のやつも、この前のこと気にしてるのかな）

そんなふうに思いつつ、亮介は再び三人との会話に戻るのだった。

○

始業式の日の朝にやることは決まっている。大量のプリント類の配付、大掃除のための掃除当番の振り分け、担任からの短い話、そして一番のメインイベントは席替えだ。

「はーい、今から席替え始めるわよー！」

担任の小森《こもり》先生はわざわざ用意してきた抽選箱を持って、教室をぐるりと回る。その中に席の番号が書かれた紙が入っていて引いた場所に移動するという仕組みだ。亮介も一枚引いて開いてみると、六番、つまり窓側の一番後ろというラッキーな席だった。

あとは隣の席が誰かという問題だが——そこは移動してからのお楽しみである。

先生の号令で大移動が始まり、亮介も荷物を持って移動を始めた。すると隣の席に座っていたのは、どういう巡りあわせか、他ならぬ瑞穂だった。

「えっと、隣は桜宮か。これからしばらくよろしくな」

「あ……は、はい」

消え入りそうな小さな声でそう言った瑞穂だが、その表情には明らかに動揺の色が浮かんでいた。この前のことを気にしているんだろうか。とりあえず腰を下ろすと瑞穂はポケットから小さなメモ帳を取り出し、何やら書きこんでからおずおずと差し出してきた。

【放課後、お時間を頂けませんか？】

筆談、らしい。

丸っこい綺麗《きれい》な文字で、メモ帳にはそう書かれていた。

亮介は苦笑しつつ確認のため聞き返してみる。

「……この前の件だよな？」

「（こくこく）」

「わかった。大掃除終わってから教室に残ってるから」

すると瑞穂は小さく、ぎこちない笑みを浮かべてみせた。


そして放課後、亮介は教室で瑞穂と二人きりで向き合っていた。

大掃除含めて午前中に解散となったからまだ十二時前である。部活等の用事がないクラスメートたちはカラオケやらボウリングやらと遊びに行ったようで、教室には亮介たちを除いて誰も残っていなかった。

ちなみに亮介も三バカからゲーセンに行こうと誘われていたものの、瑞穂との約束があったので行けたらあとから合流すると伝えている。

「それで？　話って何だ？」

亮介はさっそく尋ねてみたのだが、瑞穂は俯《うつむ》くだけで何も言おうとしない。

メモ帳を手に持って何か書こうとしているものの、逡巡《しゅんじゅん》を続けているらしい。困ったような顔のまま視線を上げたり下げたりしている。そうして気まずい静寂に包まれてしまったため、少ししてから亮介は思い切って切り出してみた。

「あの、それなら先に俺が話していいか？」

と、瑞穂は驚いたように顔を上げたが、すぐに首を縦に振った。

「まず確認させてほしいんだけど、夏コミの時のコスプレイヤーの正体は桜宮ってことでいいんだよな」

「(こくこく)」

「実は、あれから色々と調べてみたんだ。コスプレイヤーのサクラって検索したら色々と出てきたからさ。Twitter のアカウントも見たし、ブログとかにまとめられてるのも見た」

それを聞いた瑞穂は小さく顔をしかめて、怯《おび》えるように肩を縮こまらせた。

だが亮介は喋るのに夢中になっていたのでそんな様子には気づかない。だからそのまま止めることなく言葉を続けた。

「桜宮って、その……めちゃくちゃすごいんだな！」

それが、亮介が抱いていた率直な感想だった。

六桁《けた》のフォロワーを集め、写真を投稿すれば毎度のように数百のリプライが飛ぶ。コスプレのことはよくわからない亮介でも、それだけたくさんの人を楽しませているという事実がどれだけすごいことかはよくわかる。

亮介はこれといって趣味を持っていない。オタクとして振り切った存在である姉のせいでアニメやマンガといったコンテンツは敬遠気味になっていたし、他に熱中できるものがあるわけでもない。だからどっぷりハマれる趣味を持っているというだけでもすごいと思うのに、その趣味であれだけ結果を出すというのは素直に尊敬できることだった。

「え……え、っと」

しかし瑞穂は、その反応が予想外だったとばかりにぱちくり瞬《まばた》きをした。

少しの間硬直していた瑞穂は、やがて慌ただしくメモ帳へと書き込み始める。

【あの、わたしがコスプレやってるなんて変だとか思わないんでしょうか？】

「変？　何で？」

【だって……引っ込み思案で人見知りなわたしがああいうことをやっているなんて、ばかにされると思いました】

自分を卑下するような言葉に、亮介は心底理解できないとばかりに首を捻《ひね》る。

「確かに普段のイメージとはギャップがあったから驚いたのは事実だけど。俺は桜宮がコスプレやってること知って素直にすごいと思ったし、コスプレ姿もめっちゃ可愛かった」

「か、か、可愛い……」

「ああ。俺はアニメとか見ないからあのコスプレが元々どんなキャラなのかはわからないけど、それでも他のコスプレイヤーとは全然違うなってわかる完成度だった。本当に別世界から飛び出してきたんじゃないかって思うくらいには可愛かったし、恰好《かっこ》よかったよ」

すると瑞穂は顔を真っ赤に染めて俯いてしまった。投稿写真についているリプライでも大量に可愛い可愛いと連呼されているから言われ慣れているだろうに、亮介の方まで恥ずかしくなってしまうような過剰な反応だった。

「ま、まあ、そんなわけだから。もし今度イベントとかでコスプレするならまた見てみたいなって思ったくらいだ」

だから亮介は照れ隠しのように言ったのだが。

そうすると瑞穂は耳まで真っ赤にしたまま、硬直したように動きを止めてしまった。

気に障るようなことでも言ってしまっただろうか——亮介がそんな心配をしていると、ようやく体を動かした瑞穂はメモ帳に何やら書き込みはじめた。しかしそのページとにらめっこを始めたかと思うと一度消しゴムで全て消してしまい、また書き込み、消し、そんなことを何度か繰り返す。

（うーん、何書いているんだ？）

黙って様子を見守っていたところ、ついに瑞穂は決心したようにペンを動かした。

そして顔を真っ赤に火照らせたまま、震える手でそのメモ帳を見せてきた。

亮介はそれを受けとって書かれている文章を読み、仰天してしまう。

「えええっ？　ほ、本気で言ってるのか？」

瑞穂はこくりと一度首肯する。その必死な目で、冗談ではなく本気なのだということが伝わってきた。

【それなら、わたしの家に見に来ませんか？】

○

「ほ、本当に来てしまった……」

二十分後。

亮介は、瑞穂の部屋へと足を踏み入れていた。

女の子の部屋に入るのなんて初めてだから、否応なく緊張してしまう。唯一の救いは瑞穂の部屋は男が妄想するような女子力の高いものというより、コスプレ関連の道具が散らかった作業部屋のような部屋だったということだろうか。

とはいえ部屋に充満するほのかに甘い香りが鼻腔《びこう》を刺激してくるし、ベッド一つ見ても瑞穂が毎晩使っているものだと思うと変に意識してしまった。

何とも落ち着かない様子の亮介だったが、その隣に立っていた瑞穂はもっと落ち着かない様子で視線を泳がせていた。

「え、えと……」

何かを言おうとするものの、相変わらず言葉がうまく出てこないようだ。

瑞穂は代わりに制服を手で摑《つか》み、ぱたぱたさせた。その仕草で亮介は察する。

「コスプレに着替えるから外に出ていてほしいってことか？」

「は、はい」

「わかった。じゃあ終わったら呼んでくれ」

「（こくこく）」

そうして廊下に出て一人になったところで、亮介は今更ながら瑞穂の誘いに乗ってしまったことに対する後悔の念に襲われていた。

そもそも、どうして来てしまったのだろう。

コスプレイヤーとしての瑞穂に興味があるのと、瑞穂から真剣な表情で提案されたのとが半々くらいだろうか。しかしどうも親は家を空けているみたいだし、女の子と二人きりという状況は何とも心臓によくない。

扉越しに服を着脱する音が聞こえてくれば、なおさらだ。

亮介は両手でばしんと頬を叩《たた》き、煩悩を頭から追い払う。そうして待っているとしばらくしてがちゃりと内側から扉が開いて、先程までとは別人に変身した瑞穂がおもむろにその姿を見せた。

「おおっ……」

感嘆の声をあげる亮介。紛れもなく、夏コミの時に目にしたあの銀髪少女だ。

あのときはわからなかったが、至近距離で見ると衣服の細部までものすごくこだわって作られていることがわかる。

とにかく、とんでもなく可愛くて、そして恰好いい。

亮介は思わず見とれてしまっていたが――

するとそこで、予想外のことが起こった。

「お待たせしました、最上《もがみ》くん！」


はきはきとした透明感のある声に、亮介は耳を疑う。

反射的に左右を見回して、瑞穂以外の誰かがいないことを確認してしまった。

そうしてから――ようやくこの状況を受け入れる段階に至る。

瑞穂が、喋《しゃべ》ったのだ。

今まで耳にしたこともない、はっきりした大きな声で。

「え、えっと……桜宮？」

「どうしたんですか？」

「いやいやいや、それはこっちのセリフだって！　今けっこう混乱してるんだけど、俺！」

思い返しても入学以来、瑞穂の声をしっかりと聞いた記憶がない。消え入りそうな小さな声で、たどたどしく言葉を紡ごうとする、そんな印象しかなかったのだ。

だから亮介は、一旦《いったん》頭を整理したのちに瑞穂へと直球の質問をぶつけてみた。

「えっと、もしかしてこっちが桜宮の素の話し方なのか？」

「あ、いえそういうわけじゃないんです！」

しかし瑞穂は首を横に振って否定してみせた。

「喋るのが苦手で、人と上手《うま》く話せないというのが素のわたしだと思います。ただ何と説明すればいいのかわからないんですが……こうやってコスプレをしているときは言葉がつっかえなくなって、すらすらと出てくるんです！」

「へえ。そ、そうなのか」

そうやってにっこり笑みを浮かべる瑞穂を見ていると、普段の姿が嘘みたいだ。表情もすごく豊かだし。

と、そこで亮介は朝のブログ記事に書いてあった言葉を思い出す。

「もしかしてあれか？　サクラが憑依《ひょうい》コスプレイヤーって呼ばれることがあるって記事を見たんだけど、キャラクターになりきってる感覚が強いから喋れる……みたいな？」

「あ、そんな感じかもしれません！　その呼び方自体は恥ずかしいから好きじゃないんですけどね」

瑞穂はそれからちょっと神妙な面持ちになり、ゆっくりと言葉を続けた。

「わたしにとってコスプレをするというのは、自分とは別人格の、アニメのキャラクターに変身するようなものなんですよ」

「なるほど、な」

まだ衝撃の方が大きいものの、少しは納得することができた。

普段の瑞穂と、コスプレイヤーとしての瑞穂。それは表と裏のような関係ではなく、全く別の二つの顔なのかもしれない。

「ところで最上くん」

「どうした？」

「せっかくの機会なので、もしよろしければお願いしたいことがあるんですが」

「俺にできることなら構わないけど。何だ？」

「写真、撮ってくれませんか？」

「写真？」

意外な頼みに、亮介は思わず首を傾げた。

写真と言われればもちろんイメージはできる。瑞穂のアカウントにはたくさんのコスプレ写真が投稿されているし、夏コミでの囲みでは何百人という参加者がカメラを手に瑞穂を撮影している。

しかし、それをなぜ自分に頼むのかということが理解できなかった。

「俺、そういうスキルとか特にないぞ？」

「それは大丈夫です！　普段の撮影はわたしが一人でやってますし！」

「そういえばそんなこと、記事にも書いてあったな」

「カメコと言われる、コスプレカメラマンの方と予定を合わせて撮影するのが一般的なんですけどね。わたしの場合コスプレしているときはいいんですけど、着替えたあと素の状態でうまく接する自信がなくて」

「なるほど……」

確かに納得できる理由だった。仮にも入学五か月目となるクラスメートともまともに喋れていないのだから、初対面となればなおさらだろう。

「だから撮影はセルフタイマーを使って一人でやってるんです。でも誰かに撮ってもらう方が色んなアングルから撮影できますし、せっかくだからお願いできればと思いまして」

「了解。本当にただ撮るだけでいいなら、付き合うよ」

○

撮影とはいっても、使う道具はカメラではなくスマートフォン。

何とも締まらない形ではじまったわけだが、亮介はそこで憑依コスプレイヤーと言われる真の所以《ゆえん》を見せつけられることになった。

「す、すごい……」

武器を構え、被写体になった瞬間、先ほどまでとは全然雰囲気が変わっていた。

瑞穂がコスプレしている銀髪少女は、ミリア＝アラケルというキャラである。

ファンタジー系のアニメ『モノクローム・コンバタント』、通称『モノコン』に登場するヒロインだ。犬猿の仲であるはずの黒魔術士のニゲルと白魔術士のミリアが手を組んで強大な敵へと立ち向かう物語……というのが作品の簡単なあらすじだった。

ともかく、ミリアは戦う白魔術士なのである。

だからこそ瑞穂はぐっと引き締まった表情になっており、まるで目の前に敵が迫ってきているかのような緊迫感を感じさせるような立ち振る舞いだった。

本当に、別人に変身しているみたいだ。

そんな瑞穂の姿を写真に収めるのが楽しくてあっという間に一時間近く過ぎてしまう。

撮影を終えると、瑞穂はぺこりと小さくお辞儀をしてきた。

「ありがとうございました最上くん。撮影に付き合っていただいて」

「いやこちらこそ、新鮮な体験だったし面白かったよ」

「そう言っていただけると嬉《うれ》しいかぎりです！」

柔和な表情を浮かべる瑞穂。亮介はそこで、ふとした疑問をぶつけてみた。

「でも本当に作りこまれた衣装だけど、こういうのって市販されてるのか？」

「コスプレ衣装自体は市販されてますけど……クオリティは微妙ですし、自分のサイズに合わないことが多いのでわたしは手作りしてますね」

「手作り？　桜宮がこれを？」

「はい！　わたし、中学時代は手芸部に入ってましたから！」

「まじか……こんなクオリティ高い衣装って作れるもんなんだな」

「けっこうな数作ってきましたからね。最初の頃はなかなかうまくいかなかったんですけど、慣れてくると細部まで作れるようになってきたんです」

そう言ってから瑞穂はコスプレ衣装専用となっているクローゼットを見せてくれた。

ずらりと並ぶ何十着もの衣装は、圧巻だった。

彩りも様々で、一つ一つがとても丁寧に作りこまれているのがわかる。

「すごいな……」

完全に見入ってしまった亮介だが、すると奥の方に毛色の違う服が何着か並んでいるのを見つけてしまった。まだ衣服としての完全な形になっておらず、未完成とも思えるようなものだった。

「桜宮、これは作りかけのやつなのか？」

しかし亮介がそう尋ねると、瑞穂はさあっと顔を青くした。

何か、触れてはいけないものに触れてしまったようだ。瑞穂は焦ったように亮介の前に立つと、両手で隠すようにしながら言う。

「こ、これは見ないでくださいっ！」

「ああ……えっと、ごめん」

その剣幕に気圧《けお》される形となり、亮介は慌ててクローゼットから離れた。

そうして何だか気まずい空気となってしまったが、そんな静寂を破ったのは、亮介の腹がぐうと鳴る音だった。

間の抜けた音に、それまで強張《こわば》った表情をしていた瑞穂は一転して小さく笑った。

「ふふっ最上くん、お腹空《す》いてるんですか？」

「ああ……何か恥ずかしいな」

「そういえばもう二時前ですね、すみません長々と拘束しちゃって。お詫《わ》びといってはなんですがうちでご飯食べていきますか？」

「えっ？」

突然の提案に驚く亮介。

瑞穂はにっこり微笑むと、補足するように続けた。

「うちは共働きなので、どうせ今から自分のお昼を作らなきゃいけないんです。一人分も二人分も手間は同じなのでよかったらぜひ！」

「まじで？　桜宮が作ってくれるの？」

「はい。最上くんの舌に合うかはわかりませんけど……」

「それならぜひ……食べてみたい、かな」

女の子の手料理という甘美な響きに釣られ、亮介は思わず前のめりになってしまった。

瑞穂はこくりと頷《うなず》いてから台所に向かおうとしたが——

「ちょっと待った桜宮、料理するなら着替えた方がいいんじゃないか？」

そこで、亮介は後ろから声をかけた。

料理をすれば油が飛び散ったり食材がこぼれたりと、衣服が汚れる危険性も高い。せっかく細部までこだわって手作りした衣装を汚してしまってはいたたまれないだろう。そんな親切心百パーセントの言葉である。

しかし瑞穂はそれを聞いてちょっとだけ顔をしかめてしまった。

「そ、そうですよね」

一応こくりと頷きはしたものの、どこか気が進まない様子だ。

何だか複雑そうな表情を浮かべていた瑞穂は、最終的には諦《あきら》めたように息をついてから一度軽く首肯してみせた。

「わかりました、着替えてくるので少々お待ちいただけるでしょうか」

「おう、全然いいぞ」


そして、その後すぐに瑞穂が渋っていた理由はわかることとなる。

着替えを終えて戻ってきた瑞穂は、ピンク色の可愛らしいパジャマを着ていた。ウィッグを外して化粧を落とし、教室で見慣れた姿へと様変わりしていた。

「そういえば桜宮、何か俺も手伝った方がいいか？」

そんな瑞穂に対し、亮介はさっきまでと同じ調子で声をかけたのだが。

俯《うつむ》き加減のまま、何も返事がなかった。

「……桜宮？」

怪訝《けげん》な表情を浮かべる亮介に対し、瑞穂は、今にも泣きそうな目になっていた。いったいどうしたのだろうと心配していたが、その理由は単純なものだった。

「そ……そ、の……」

蚊の鳴くような、小さく震えた声。

さっきまで自然に会話が成立していたから亮介はすっかり忘れていたが——コスプレをしていない普段の瑞穂は、こうだった。

瑞穂は何か喋《しゃべ》ろうと必死に口を開いていたが、言葉がつっかえてうまく出てこないらしい。もどかしそうにぱくぱく口を動かしたあと顔を赤らめてしまった。

「……本当に、コスプレしてる時じゃないとうまく話せないんだな」

「(こくこく)」

瑞穂にとってコスプレは、嘘偽りなく精神的に大きな意味を持っているようだ。

コスプレを経験したことのない亮介にはわからない感覚があるのかもしれない。

「あーそれで、結局俺は手伝った方がいいのか？」

とりあえずそんなふうに尋ねてみたところ、瑞穂は無言のままダイニングテーブルを指さした。それからぺこりぺこりと二度頭を下げる。その必死なジェスチャーで何となく言いたいことは伝わった。

「わかった。待ってればいいんだな」

「(こくこく)」

そういうわけなのでテーブルで待っていると、台所に立った瑞穂はてきぱきと手を動かしはじめた。ぼんやりと眺めているとあっという間に料理は完成し、テーブルの上に一汁三菜の揃《そろ》った和食が運ばれてくる。

焼き鮭にかぼちゃの煮物、ほうれん草のごま和《あ》え、それにご飯と味噌汁《みそしる》というラインナップは非常に家庭的。手際の良さも盛り付けの彩りも、手慣れているさまを感じさせた。

「めっちゃ美味《おい》しそうだな。桜宮、料理得意なんだ」

「あっ……は、はい……」

「えっと、それじゃあいただきます」

食べてみると、本当に美味しかった。

味噌汁はまろやかで甘い。焼き鮭は身がふっくら、皮がパリッと仕上がっている。副菜も丁寧で優しい味付けに仕上がっており、派手とはいえない料理だけどその完成度はすごく高かった。

空腹だったこともあり、あっという間に食べ終わってしまう。亮介は思わずお金を払った方がいいかと聞いてしまったが、ジェスチャーで断られたので仕方なく後片付けくらいはやらせてもらうことにした。

そして食器を洗い終えたところで、亮介はお暇《いとま》することにする。

「そろそろ帰ることにするよ。あんまり長居しても悪いし」

それにしても予想外のことがたくさん起こった一日だった。

家に招待されたのもそうだし、コスプレをしているときの瑞穂が別人のように明るくはきはきと喋るようになるなんて全く知らなかった。

それに加えて撮影を手伝い、手料理まで振る舞ってもらうなんて昨日の自分に言ってもきっと信じてもらえないだろう。

（でも、楽しかったな……）

玄関で靴を履いている最中、亮介はそう感じていた。

コスプレをすることによって饒舌《じょうぜつ》となった瑞穂と話すのは新鮮だった。

そして被写体となったときの、憑依《ひょうい》という言葉が大げさでないと頷けるほどの変化は本当に驚かされた。

できることなら、他のキャラクターのコスプレ姿も見てみたい。

今まで見たことのなかった瑞穂の様々な表情を、もっと見てみたい。

そんなことを思ってしまった亮介だが、それを口にすることは、憚《はばか》られた。瑞穂の方がどう思っているかなんてわからないのだ。しかも告白されて泣き出してしまったという話は今朝聞いたばかりだし、無理な頼みごとをして困らせてしまうのは嫌だった。

「えっと、今日はありがとうな桜宮」

だから亮介は、それだけ言うと、瑞穂の家をあとにしようとした。

しかし——

その瞬間、ぎゅっと小さな手で裾《すそ》を摑《つか》まれた。

「あ、あの………」

亮介が振り返ると、瑞穂は何かを訴えかけるような必死な目をしていた。

ポケットに入れたメモ帳を取り出し、書き込もうとする。しかし途中で思い直したように
メモ帳を脇に置くと——目をぎゅっと瞑《つむ》り、両拳《りょうこぶし》を胸の前で握りこんで、覚悟を決めたとばかりの様子で口を開いた。


「まっ、また今度……わたしのこと、撮ってくれませんかっ！」


大きな、声だった。

当の瑞穂もびっくりしたように口元を押さえて目をぱちくりさせている。自分がそんな声を出せるのが、信じられないとばかりに。

「あ、あれ……？」

おろおろした様子の瑞穂とは反対に、亮介は驚くと同時に胸が熱くなるのを感じた。瑞穂が自分と同じ気持ちであったことは嬉《うれ》しいし、それを声で伝えてくれたというのはもっ

と嬉しかった。

「桜宮さえよければ、ぜひまた撮らせてくれ。俺の方から逆にお願いするよ」

「は……は、い」

「そうだ。連絡先とか交換しとくか？」

「（こくこく）」

そうしてお互いに携帯を取り出し、LINE での友達登録をすることになる。

瑞穂はアプリこそインストールしているもののほとんど使ったことがないらしく、友達追加をするのはこれがはじめてだという。

一番上に亮介のアカウントが表示されると、瑞穂はぱあっと顔を輝かせた。

しばらく嬉しそうに画面を眺めていたが、やがてチャットを開くと何やらぽちぽちと打ち込んで送信してきた。

『今後ともよろしくお願いします、最上くん』

瑞穂の方を見ると、少し照れくさそうな様子。

それを見て亮介の方まで恥ずかしくなってしまった。

ともかくそんなふうにして——二人の関係は始まったのだった。

#SNS #Superpopularity #Cosplayer
#Classroom #Shyness #Unpainted-face #Cute

第二章　幽霊少女

休日の駅の構内というのは、どこか楽しげな雰囲気に包まれている。

通勤通学を目的とした利用者が大半である平日と違って、遊びに出かけるという人が大きな割合を占めているからだろう。あちこちで賑《にぎ》やかな話し声が聞こえ、気合いを入れたお洒落《しゃれ》な服を着ている人がたくさんいる。

「えっと、待ち合わせは地上に出たところだったよな」

池袋《いけぶくろ》駅の地下通路を歩く亮介《りょうすけ》は、瑞穂《みずほ》とのメッセージのやりとりを確認していた。

今日は二人で買い物に出かける約束をしていたのだ。

お互いの家に近い繁華街で、コスプレ関連のショップが充実している場所として池袋が選ばれた。ちなみに亮介は知らなかったが池袋では毎月のようにコスプレイベントが開かれているそうだ。

案内表示板をこまめに見ながら待ち合わせ場所を目指していた亮介だが、そこでとんでもないことに気づいてしまった。

「……あっ」

集合時刻を見事に勘違いしていたのだった。

てっきり十一時集合のつもりで十分前到着を目指していたのだが、見返してみると十二時と書かれていた。一時間も勘違いしていたことに気づき、亮介は頭を抱えてしまう。

（うーん、どうしたもんかな）

最寄駅からここまでは片道十五分くらいだから、一度出直すのはばからしい。池袋なら時間を潰《つぶ》せる場所も充実しているだろうし適当な場所を見つけるのがいいだろう。

とりあえず待ち合わせ場所でもある地上口まで出てから考えよう。

そう考えて亮介は階段を上ってきたのだが、すると驚くことに黒いスーツケースの上にちょこんと座ってそわそわしている瑞穂の姿を見つけてしまった。

休日だったので私服姿で、ベージュの大きめのパーカーにブラウン系のミニスカートという組み合わせがよく似合っていて可愛らしい。そういえば私服を見るのははじめてなので新鮮だった。

「えっと早いな、桜宮《さくらみや》」

亮介が声をかけてみると、瑞穂はぱっと顔を輝かせてから口を開いた。

「おっ……お、おはようございます」

そうしてスーツケースを引っ張ってとたとたと駆け寄ってきたのだが——亮介の目の前まで来たところで躓《つまず》いてしまった。

亮介の胸元に倒れこむような形になり、慌てて受け止める。意図せず瑞穂の体を抱きとめるような恰好《かっこう》になってしまった。亮介は慌てて体を離したが、ちょっぴり甘くて良い匂《にお》いのせいでドキドキしてしまう。

「えっと、何というか、ごめん」

「……い、いえ」

お互いに気まずい空気になってしまったので、亮介は無理やり話を変えてみた。

「そ、それより桜宮。コスプレしてないのに普通に喋《しゃべ》ってるな」

もちろんコスプレをしていた時とは違って声は小さいしたどたどしい喋り方だが、それでもしっかりとおはようございますと挨拶《あいさつ》をしてくれた。

そのことを指摘すると、瑞穂は嬉しそうに口元を綻《ほころ》ばせた。

「……は、はいっ。最上くんとちゃんと喋れるように……練習、したんです」

「お、おう。そうなのか」

満面の笑みでそんなことを言われてしまうと、何だかむずがゆい。

とにかく目的の店へと向かうことになり、瑞穂の案内で歩きはじめる。

横断歩道の信号待ちをしているところで亮介は思い出したように尋ねてみた。

「それで、桜宮も集合時刻間違えたのか？」

「えっ？」

「俺、一時間勘違いしてたんだよ。それでしばらく時間潰さなきゃと思ってたのに桜宮がもう来てたから、桜宮も勘違いしたのかなって」

しかしそうすると瑞穂はぶんぶんと首を横に振った。

「え？　それじゃあ何でこんなに早く来てるの？」

「そ、その……笑わないで、くれますか？」

「いいけど、笑っちゃうような理由なのか？」

すると瑞穂は羞恥心《しゅうちしん》からか頰を染め、目を逸《そ》らしたまま言い訳するように呟《つぶや》いた。

「ま、待ち合わせの何分くらい前に来ればいいのか、わからなくて」

「はい？」

「そ、その、友達と待ち合わせしたことなんてなかったので……どれくらい早く来ればいいのかなと考えたのですけど、お待たせしてはいけないかなと思いまして」

「はあ」

「一時間前でもまだ心配で、だから一時間半くらい前に来ていれば大丈夫だろうと思ったんです」

「……アホか」

　思わず素でそう突っ込んでしまい、瑞穂はショックを受けたように固まってしまった。ちょっと言葉がきつくなってしまったかなと少し反省しつつも、亮介はぽりぽり頭をかいて言葉を続けた。

「あのなあ、待ち合わせなんて十分前に来てれば十分だよ」

「そ……そう、でしたか」

「何なら俺がよく遊ぶ三人組はまともに間に合うことの方が珍しいくらいだぞ。みんな平気で十分二十分遅れてくるし、待ち合わせ場所に来ないから電話してみたらまだ家で寝てたってこともあるくらいだ」

　瑞穂は苦笑する。もちろん悪い例ではあるのだが、そのくらい相手に気を遣わない関係というのが一番楽だというのも間違いない。

「まあ、そんなわけだから今度から待ち合わせするときはせいぜい五分前とか十分前くらいに来てくれればいいぞ。今日は俺がたまたま時間を勘違いしたからよかったけど、あやうく一時間以上待ちぼうけにさせちゃうところだったからな」

「（こくこく）」

瑞穂はちょっぴり恥ずかしそうに、二度ほど頷《うなず》いたのだった。

○

さてここで二人が出かけることになった経緯について軽く触れておこう。

発端は連絡先を交換した始業式の日の夜、次はどんなコスプレをするのかと亮介がメッセージで聞いてみたことだった。

『最上くんが協力してくれるならぜひやりたいキャラクターがいるんです！』

瑞穂は文面だとかなり饒舌《じょうぜつ》で、会話の調子はコスプレをしているときと近い。ともかく瑞穂からはそのあと長めのメッセージが続けざまに送られてきた。

やりたいのは『幽霊少女はキミを寝かさない』の涼香《すずか》というキャラらしい。

数か月前に流行《はや》った日常系アニメで、その内容は主人公の家に住み着いた幽霊少女・涼香が毎晩ちょっとエッチないたずらを仕掛けたり返り討ちにあったりするというもの。二人のコミカルな掛け合いが面白く、しかも後半になると、涼香の過去に迫るシリアスな展開へと突入してとても泣けるのだという。

『アニメにハマっちゃって勢いで衣装作ってみたんですけど……撮影場所が確保できなくて今までお蔵入りになってたんです』

『え？　どういうこと？』

『男の子の部屋が舞台になってるんですよ』

『あーなるほど』

舞台となっている主人公の部屋はごくありふれた男子高校生の部屋だが、さすがに瑞穂の部屋では再現するのが難しいとのこと。亮介が自分の部屋の写真を送ったところこれなら小物さえ用意すれば大丈夫そうだということだった。

『もしよろしければ最上くんの部屋を撮影場所にできないかな……と』

『いいよ、わかった』

『ありがとうございます！　衣装以外は揃えてないので買い出しに行かないとですね』

『俺もついていっていいか？　その、コスプレ道具売ってる店とか面白そうだし』

『もちろんです！　ぜひ来てください！』

そんなわけだから、最初に二人がやってきたのはウィッグ専門店だった。

ウィッグというのはコスプレイヤーが被《かぶ》る人工の髪の毛である。かつらと同じような意味だが薄毛を隠すというよりファッション目的というイメージの強い言葉だ。自分の髪の毛をネットに入れ込んで覆ってから、頭の上に被せるという使い方がなされる。

無骨な雑居ビルの三階までエレベーターで上がると、目的の店はあった。

「うわーっ、すごいな。専門店とは聞いてたけどこんなにたくさん種類があるのか」

「は、はい。たくさんの髪型と色が揃《そろ》っていますから……」

店の中にはずらりとウィッグが展示されており、その数はざっと数百個はありそうだった。亮介たちの他にも何組か客はいてスマホの画面に映ったキャラクターを見ながら真剣に買う物を選んでいる。

瑞穂はというと慣れた様子でとことこ歩いていき、奥の方で立ち止まると複数のウィッグの色を見比べてじっくりと吟味を始めた。

「あ、あの……最上くん」

亮介は後ろで待っていたのだが、そこで振り返った瑞穂から声を掛けられる。

「どうした？」

「ど……どれがいいと思いますか？」

どうやら意見を求められているようだった。差し出されたスマホの画面には涼香の顔が映し出されていた。やや黄色に近い金髪を見て目の前に並ぶウィッグと見比べてみたところで、亮介は閉口してしまう。

陳列されているウィッグは一口に金色といってもブロンズゴールド、シャンパンゴールド、スターライトイエロー、カナリアゴールド、ロイヤルブロンド等々、人生で初めて聞くような細分化された色が並んでいる。素人目には、どれがいいかなんて全然わからない。

「申し訳ないんだけど俺じゃ力になれなそうだ」

「そ、そうですか……」

「何かお困りですかー？」

するとそこに女性店員がやってきた。瑞穂はびくり、と肩を震わせて俯《うつむ》いてしまう。

なので亮介が代わりに説明を引き受けた。

「えーと、コスプレに使うウィッグを探してるんですけど色で迷ってて」

「何のキャラをやるんです？」

「『幽霊少女はキミを寝かさない』の涼香ってキャラです。この画像の女の子なんですが」

「あー、それならこの色を買われていく人が多いですねー」

「なるほど、ありがとうございます」

店員が指定した色は瑞穂も納得できるということでそれを購入することになる。

そのあとも別の店に移動して必要なものを一通り揃えていった。瞳《ひとみ》の色をキャラクターに合わせるために使われるカラコンや、ちょっとした小道具などである。買い物を全て終えるとファーストフード店に寄って簡単に昼食をすませ、それから家へと帰ってきた。

「ただいまー」

玄関から大きめの声でそう言っても、何も返事はない。

亮介の両親は休日二人で出かけることが多く、今日もその例に漏れず夜まで帰ってこないと聞いている。そして夏帆《かほ》はオンリーイベントに出品する同人誌（もちろん十八禁）の締切が大ピンチだと言って朝から部屋に引きこもっていた。

「お……おじゃま、します」

「俺の部屋は二階だからそこの階段上るんだ。ほら、スーツケース持つよ」

そうして部屋の前に来ると、亮介はぐいと扉を開けた。

瑞穂が来るとのことで昨日徹底的に掃除してある。普段はけっこう散らかっているが、今日はもう完璧《かんぺき》に片付いているはずだ。そう油断して瑞穂を先にいれたのが、しかし、運の尽きというやつだった。

「あっ……」

瑞穂は中に入るなり、机に置かれているものを見て絶句する。

おそるおそるといった感じで中身を確認し、そしてかあっと顔を火照らせていた。

いったい何があったのだろう。後ろから部屋に入った亮介は瑞穂の様子がおかしいことに気づき慌てて近づいていった。

すると——机の上には、とんでもないものが積んであった。

「おおおおおいいいいいいっ！」

思わず、大きな叫び声をあげてしまう。

積んであったのは、大量の同人誌だ。必然的に犯人は一人に絞られるわけであり、もちろんその全てが十八禁だった。

「え、えっと、その……最上くんも、お、男の子ですから」

「待ってくれ違うんだ！　これは俺の私物じゃない！　誤解だ誤解！」

「……そ、そうなんですか？」

ぱちくりと瞬《まばた》きをする瑞穂は、まだほんのりと頬を紅潮させている。

一応否定はしておいたが、さすがにこの状況で私物でないと主張しても苦しい言い訳にしかならないだろうことは百も承知だ。だから亮介はあまりにも不名誉な誤解を解くべく、怒鳴り込みを決行することにした。

「と、とにかくついてきてくれ」

「（こくこく）」

そうして亮介は瑞穂を連れて、乱暴に隣の部屋の扉を開けた。

そこに広がっているのは禍々《まがまが》しさを感じるような光景である。

ベッドのシーツも枕も全てがアニメ柄（十八禁）。マンガや同人誌やらが本棚から溢《あふ》れて床の方まで散らかっていて、フィギュアもたくさん並んでおり、壁には所狭しとタペストリー（十八禁）が掛けられている。

俗にいうオタク部屋を十八歳未満立ち入り禁止の仕様にしたような、そんな部屋だ。

その部屋の主である夏帆はヘッドホンをつけて液タブに絵を描きこんでいたが、亮介たちが入ってくると耳からヘッドホンを外して体をこちらへと向けた。

「もー、騒がしいなー亮介。ってあれ？　誰その女の子？」

「うちに遊びに来たんだ。俺のクラスメートだよ」

「へー！　何よーやるじゃん亮介、可愛い女の子連れ込んじゃって！」

「一応言っとくけどただの友達だからな……で、それよりも姉さん！　俺の机の上に大量の同人誌置いただろ！」

夏帆は悪びれる様子もなく、首を縦に振る。

「うん置いたよー。この前のコミケのバイト代、現物支給の方が喜ばれるかなーと思ってあたしが亮介の性癖に合わせて厳選しておいたから」

「いるかあんなもん！　バイト代はちゃんと現金でくれ！　というか姉さんのせいであの同人誌が俺の私物だって桜宮に誤解されたんだからな」

「あちゃー、ごめんごめん。まさか亮介が女の子連れてくるなんて思わないからさー」

「的確だけど失礼だな！」

と、夏帆は作業用のゲーミングチェアから立ち上がって亮介たちの方に歩いてきた。前にでかでかと〈I LOVE R-18〉とプリントされた白いTシャツを見て瑞穂は完全に引いてしまっている。

夏帆は相好を崩し、瑞穂へと声をかけた。

「桜宮ちゃん、はじめまして。自己紹介してなかったけどあたしは亮介の姉、夏帆だよ」

しかし瑞穂は口をぱくぱくさせるだけで、声が出てこない。

「ねーねー、桜宮ちゃんは亮介とどういう関係なの？」

そこに更に畳みかけるように夏帆が尋ねたため、瑞穂は亮介の背中にぴたりとくっついて隠れてしまった。夏帆はというと楽しそうに笑みを浮かべた。

「あははー、あたしは完全に警戒されちゃってるねー。それにしても亮介にはよく懐いてるみたいじゃん」

「……行こう桜宮。これ以上ここにいてもろくなことがなさそうだ」

同人誌の誤解を解くという最大の目的を達した今、あとはひたすら身内の恥を晒《さら》すだけだ。一刻も早く退散するのが正解だろう。

○

「なんか悪かったな桜宮、うちの姉さんはいつもあんな感じだから」

「い、いえ……個性的でしたけど面白い方でしたよ」

部屋に帰ってきたあと亮介が詫《わ》びの言葉を入れると、瑞穂は苦笑で答えた。

実際悪い人ではないのだけれど、とにかく癖が強いのだ。人見知りの激しい瑞穂のようなタイプにとっては最も付き合いにくい人種だろう。

「さて、それじゃあさっそく撮影始めるか？　もう着替えるなら俺は外に出てるけど」

「あ、いえ、実は着替える前に今からウィッグセットをしないといけないんです」

「ウィッグセット？」

初耳の単語に首を傾げる亮介に、瑞穂は補足するように説明を加える。

「え、えっと……さっき購入したウィッグは髪色と髪型が涼香に近いものなんですけど、髪型の方は手を加えないといけないんです」

「なるほど。確かに既製品をそのまま使ったらキャラクターらしさはないかもな」

「す、すみません。お待たせしちゃうことになってしまいます……」

「いいよいいよ。そんなこと気にすんなって」

恐縮しきったように肩を縮こまらせる瑞穂。どうも過剰に遠慮がちなところがあるんだよな、と思いつつ亮介は肩をすくめてみせた。

「それより見学してもいいか？　コスプレの準備とか見たことないから興味あるんだ」

「え？　あ、はいそれは構いませんけど……えっと、面白いものでもないですから飽きたら他のことをしていてくださいね」

「了解。それで時間ってどれくらいかかるんだ？」

「その、普段は何時間もかけますが……今日は、超特急で仕上げるので三十分くらいかと」

そうして瑞穂は持参してきたスーツケースを開け、中から必要な道具を取り出した。

ハサミやヘアスプレーだけでなく、毛を梳《と》かすためのコーム、毛束を固定するためのダッカール、毛先を撥《は》ねさせるためのヘアアイロンなど様々な道具が床に並ぶ。そして服飾店でおなじみのマネキンの頭部を置くと、その上に買ってきたウィッグを載せて瑞穂はさっそく作業を開始した。

用意してきた画像と見比べながら、素早く丁寧にハサミでカットしていく。

（うわっ……す、すごいな）

その姿を見て亮介は思わず息を呑《の》んだ。

それは今まで見たことのない瑞穂の表情だった。

喩《たと》えるならば、職人だろうか。

周りが見えなくなるほどに作業に集中しており、その瞳は真剣そのものだった。張り詰めた緊張感に亮介が圧倒される中、ウィッグの方は既製品としての元の姿からどんどん涼香の髪型へと近づいていき、宣言通り三十分でそこには完成品が出来上がっていた。

「おおっ……」

「ど、どうでしょうか？」

「びっくりしたよ。桜宮ってすごい技術持ってるんだな」

「あ……ありがとうございます」

ぺこりと頭を下げ嬉《うれ》しそうにお礼を言う瑞穂。

きっとこういうクオリティへの拘《こだわ》りの強さが、瑞穂が人気コスプレイヤーたる所以なんだろう。亮介はそんなふうに感じていた。

「そ、それじゃあ着替えますので……その」

「わかった。廊下で待ってるから、着替えが完了したら言ってくれ」

亮介はすぐに立ち上がると、部屋を出て外から扉を閉めた。

「お待たせしましたー！」

しばらくしてコスプレ姿に変身した瑞穂が姿を現した。前回同様、普段とは別人のように明るくはきはきした声だ。それはいいのだが――

その姿を見て、亮介は絶句してしまった。

なぜかというと、衣装が相当に過激なものだったからだ。

真っ白なワンピースの胸元にはハートマークの穴が開いていて、思いっきり谷間が露出するような仕様である。

そしてワンピースといっても下半分、胸より下の部分は透け透けの布になっているせいで、細くてなめらかな太ももとか真っ白なパンツとか色々と見えてはいけないものがガッツリ見えてしまっていた。

おかげで一目見た瞬間、亮介は反射的に目を逸《そ》らしてしまった。

「な、な、なっ……」

「どうしたんです？　最上くん」

顔を真っ赤にして動揺する亮介に対し、瑞穂はすました表情のままで。

「桜宮、そ、その衣装は」

「もしかして変ですか？　精巧に作ったはずなんですが」

「いや……ちょっと過激すぎない？」

　すると瑞穂は不思議そうに首を傾げたあと、ポケットから携帯を取り出した。

「だって原作の服装がそうなんですよー！」

「……ほんとだ」

　確かに瑞穂の衣装は、涼香の服装と同じだった。細かいところまでものすごい再現度だと感じたくらいだ。

　亮介は原作アニメを見たことがないし、ウィッグ選び等で瑞穂から見せてもらっていたのは首元より上だけが写った画像だった。そのため服装を見るのははじめてだったのだ。

　とはいえ事情を知ったところで相当に露出度が高いのは変わらず、目のやり場に困ってしまう亮介である。

「ではさっそく撮影始めましょう！」

「お、おう……」

　そうして撮影が始まる――

　スマートフォンを向けると、被写体になった瑞穂は別人のように様変わりする。前回ミリアのコスプレをしたときはまるで眼前に敵を捉《とら》えているかのような緊張感を放っていたが、今回のキャラである涼香は戦闘員ではない。

というよりも、エロいキャラなのだ。主人公の部屋に居座り、あの手この手でエッチな篭絡《ろうらく》をしてこようとするという説明だけでも十分わかるだろう。

そのキャラに「なる」ことの意味を亮介は理解していなかった。

撮影を始めてわずか十分か二十分かで、そのことを悟ることになる。

（こ、これはやばいぞ……）

原作の展開上、撮影するのも瑞穂扮《ふん》する涼香が主人公を誘惑するようなポーズが多い。

例えば、胸元の穴を広げるように両手で引っ張って胸を強調するポーズ。

例えば、ワンピースの裾《すそ》を手で持ってメイドのような立ち振る舞いをするポーズ。

そして瑞穂はノリノリというか、本気で亮介を誘惑しに来ているのではと錯覚してしまうほどだった。おかげで亮介は写真を撮りながらも、興奮しないよう心を静めるのに必死になっていた。

そんなギリギリの状況で、ダメ押しとなったのが瑞穂の一言である。

「じゃあ次はキス待ちのポーズやりますね！」

「キ、キス待ち⁉」

「アニメ三話で主人公にキスをするように誘うシーンがあるんですよ。主人公はあやうく一線を越えちゃいそうになるんですけど、結局寸前で思いとどまるっていうシーンです！」

「なるほど……わかった」

「正面から撮ってくださいね！　えっと、わたしがここに立ちますので……最上くんは机に向かってる主人公の目線ということで、その椅子に座って撮影してください！」

「了解」

亮介はさっきからこんなふうに瑞穂の指示を受けて一つずつの構図を撮っている。

椅子に座って手元にスマートフォンを持つと、瑞穂は亮介の前に座って目を瞑《つむ》り、ちょこんと小さく唇を突き出してきた。

（や、やべえええっ……）

亮介は、思わず心の中で叫んでしまう。

金髪碧眼《へきがん》、いわゆるギャルと呼ばれるような外見の涼香は、口紅もわりと濃い赤色のものを使っている。無防備に晒《さら》された深紅の唇は、その気になればいとも簡単に奪えてしまえそうで、とにかく心臓に悪い。

何とか撮影のボタンを押し、写真をいくつか撮影したのだが、そこでキス顔をやめて目を開けた瑞穂はとんでもない行動をとった。

「どうです？　いい写真撮れましたか？」

「うわあああっ⁉」

ぐっと顔を近づけて、亮介の携帯の画面を覗《のぞ》き込もうとしたのだ。

さっきから妙にその唇を意識してしまっていたせいで、瑞穂との距離が近づいたことに驚いた亮介は反射的に後ろへと体をそらしてしまう。座っているときにそんな動きをしたらどうなるかなんてわかりきったことで。

亮介は椅子から転げ落ち、大きな音を立てて背中から床にぶつかってしまった。

「い、いってえ……」

「だ、大丈夫ですか最上くん⁉　どうしたんですか⁉」

「いや、その、足を滑らせただけだよ」

まさか本当のことを言うわけにもいかず、ごまかしたような言い方をする亮介。瑞穂はというと純粋に心配してくれていた。

「そうですか……ケガとかしてませんか？」

「ああ、ちょっと痛いけど全然平気だ。それより撮影の続きをしよう」

「はい！」

気を取り直して立ち上がり、倒れてしまった椅子を元に戻して次の撮影へと移る。こん

な調子で撮影終了まで心臓が持つんだろうか、とそんな不安を抱く亮介だった。

　その後も更に心臓に悪い撮影が続いていく。

　次に撮ることになったのは主人公のベッドに入り込むシーンだ。主人公が寝ようとしたらすでに布団に入っているというアニメ一話のシーンと、寝転がっている主人公に乗っかってくる五話のシーンの二つである。

「じゃあ、最初はそちら側から撮ってください！」

　指示を出しながら瑞穂は亮介のベッドの上に乗った。

　そしてあろうことか、枕にぎゅっと顔をくっつけてしまう。

　そのまま顔を亮介の方に向け、上目遣いで誘うような妖艶《ようえん》な目つきをしてみせる。確かに強烈な誘惑なのだが、それよりも――

「さ、桜宮！　待ってくれ！」

「はい？」

「枕に顔をくっつけるのはだめというか、その……臭かったりしないか」

「大丈夫ですよ！　最上くんの匂いはしますけど、嫌な匂いじゃないです！」

　曇りのない笑顔でそう言われてしまうと、亮介としても返す言葉を失ってしまう。

　しかし、非常に問題のある絵面である。自分が普段寝ているベッドに美少女が横たわっているというのは何だか変な気分になってしまいそうだった。

「撮れましたか？」

「ああ、まあ撮れたけど……」

「じゃあ次のシーン撮りましょう！　五話の冒頭なんですけど、主人公がベッドの上でくつろいでいるところに涼香が乗っかってくるというシーンなんです。首に手を回して誘惑するんですよ」

「なるほど、それじゃあどの角度から撮ればいい？」

「最上くんは主人公と同じようにベッドに仰向《あおむ》けになってください！　わたしがそこに乗っかるので、下から撮っていただければ！」

「え？」

今まで以上にとんでもない要望に、亮介は思わず固まってしまう。

「ま、まじで？」

「はい！　その角度だと一番再現度が高くなると思うんです」

「わ……わかった」

亮介がスマートフォンを手に持ったまま布団の上に仰向けになると、瑞穂は亮介の腰の上あたりに乗っかった。

柔らかい感触が伝わってきて、もはや撮影どころではなくなってしまう亮介。苦悶《くもん》の表情を浮かべていると瑞穂はちょっと心配そうに、見当違いのことを尋ねてきた。

「あの、重くないですか？　大丈夫です？」

「いや……むしろめちゃくちゃ軽い、けど」

問題はそこではない。亮介はただ、煩悩に抗《あらが》っているだけだった。

しかし瑞穂が亮介の首元に手を伸ばし、涼香が憑依《ひょうい》したような色っぽい表情を向けてくると、もう耐えられそうもない。爆発寸前である。

（……よし、素数だ。素数を数えよう）

ピンク色に染まっていく脳を正常に戻すべく、亮介は二から順番に頭の中でひたすら数字を並べていくのだった。

○

「はあ、はあ……ものすごく疲れた」

撮影のあと、亮介はぐったりとしていた。

一時間ほどコスプレの撮影に付き合っただけなのに、とんでもない疲労感だった。もちろん肉体的ではなく精神的な疲労である。

「それにしても桜宮、すごかったな……」

素の瑞穂からは考えられないような過激な誘惑に、終始ドキドキさせられてしまった。

着替えを待っている今でもまだその余韻が残っているほどだ。

涼香というキャラに外見だけでなく内面も変身していた、ということなのだろう。

コスプレをすると別人のように変わる瑞穂だが、コスプレ中でもカメラを向けられているかどうかで違った姿を見せることに亮介は気づいた。カメラがないときは明るく快活な姿を見せる一方、被写体になったときはスイッチが入ったようにキャラに「なる」のだ。

「お……お待たせ、しました」

亮介が色々と考えていると、そこで元の私服姿に戻った瑞穂がひょっこり出てきた。

か細く、小さな声。いつもの瑞穂である。

しかし先程の撮影を忘れることができず、亮介は少しぎこちない態度になってしまう。

「えっと桜宮、これからどうする？」

「そ、その……写真、確認しませんか？」

「お、おう。そうだな」

というわけで二人で部屋に戻り、ベッドを背もたれにして隣どうしで床に座り込んだ。

間にスマートフォンを置いて撮った写真の一覧を次々に表示していく。

十分ほどかけて、最初から最後までざっと見ていった……のだが。

ラスト一枚が終わったところで隣を見ると、瑞穂は、ちょこんと小さく体育座りをして膝《ひざ》と膝の間に顔を埋《うず》めてしまっていた。

「ど、どうした桜宮？」

今まで見たことないほど、耳や頬が赤くなっている。

まるでもぎたての苺《いちご》のようにきれいな赤色に染まっていた。

少ししてちょっとだけ顔を上げた瑞穂は、不安げな瞳《ひとみ》を揺らしていた。

「あ……あの」

そして、いつもにまして震えた声。

「も、もしかして……わたし、ものすごくハレンチなことをしてたんじゃ……」

どうやら改めて自分の振る舞いを思い出して羞恥心《しゅうちしん》が爆発してしまったようだ。恥ずかしくて耐えられないといわんばかりの様子だった。そしてその問いかけには、亮介も苦笑で返さざるを得ない。

「まあハレンチというか、びっくりはしたな」

「ご、ごめん……なさい。嫌な思い、させてしまいましたよね」

　すると瑞穂はがっくりと肩を落とし、目を潤ませてしまった。今にも泣きだしてしまいそうな様子だ。

「わ……わたしにあんなことされて、き、気持ち悪いとか……も、もう撮影に付き合うのは嫌だとか……」

「思ってない思ってない！　そりゃあちょっと困ったけど、もう撮影は嫌だとかそんなこと全く思ってないしまた今度撮影やるなら喜んで付き合うから！」

「ほ、本当、ですか」

「そもそも桜宮みたいな可愛い女の子にああいうことされたって、気持ち悪いなんて思うわけないだろ！　むしろその逆だって！」

　本格的に落ち込んでしまっている瑞穂をフォローするために慌てて色々とまくし立てた亮介だが、最後のは失言だった。瑞穂は一転して驚いたように目をぱちくりすると、おそるおそるといった感じで尋ねてきた。

「それはその……エ、エッチな気分になったってことですか」

「ち、違う違う！　そういうことじゃなくて……そう、そもそも桜宮のことを異性というかそういう目で見てないしエッチな気分になんて断じてなってないぞ！」

　思い切り図星をつかれてしまい、それを否定するため更に早口になる亮介。

しかしそうすると、瑞穂は微妙な表情を浮かべて黙り込んでしまう。

そうしてしばらく場に静寂が流れる。何となく気まずい雰囲気になってしまったので、亮介は何か別の話題を持ってこようと考えて口を開いた。

「そ、そうだ！　この前撮った写真、Twitter に投稿してたな」

と、瑞穂は顔を上げて相好を崩した。

「は……はい。み、見てくれたんですね」

亮介が撮った写真は瑞穂の手によってレタッチ、つまり多少の加工をしたうえで投稿されていた。

コスプレイヤーの写真というのは無加工で投稿されることはなく、大なり小なり加工されるのが普通だ。イベントで撮った写真を本人に渡すときは加工するのがマナーだし、加工なしの写真をＳＮＳに投稿するのは御法度である。

それはひとえにコスプレの再現度を高めるためだが、中には加工しすぎて空間がゆがんでいるなどと揶揄《やゆ》されることもある。

瑞穂の場合は加工ゼロで出しても問題ないほど完成度が高いのだが、そこから更に微調整を加えることで安定して大きな反響を集める圧巻の仕上がりとなっているのだ。

「それで次は何を撮るとか決まってるのか？」

「あ……そ、それなんですけど」

「ん？　どうした？」

少し言いにくそうにする瑞穂。どうしたのだろうと不思議に思った亮介だが、するとそこで瑞穂は自分のアカウントに届いているダイレクトメッセージを見せてきた。

「これは……誘いか？」

文面を読んでから、亮介はそう口にした。

メッセージを送ってきた相手もコスプレイヤーらしく、アカウントのプロフィール画像はコスプレ姿だった。

瑞穂は補足するように口を開く。

「こ、この前の夏コミで知り合った方なんですが……併せをしないかって誘われまして」

「併せ？」

「あっ……えっと、同作品のキャラを複数人でコスプレすることを併せっていうんです。わたしはやったことないですけど、コスプレの楽しみ方としてはわりと一般的で」

「なるほど。それで、併せをやりたいのか」

「（こくこく）」

以前教えてもらったが、夏コミで瑞穂がコスプレしていた『モノクローム・コンバタント』は白魔術士のヒロイン・ミリアと黒魔術士の男主人公・ニゲルが共闘する物語である。

その二人で併せをしようというのが相手の申し出らしい。

「それなら返信してあげればいいんじゃないか？　ぜひやりましょうって」

「そ、それは……そうなんですが」

「何かまずいことでもあるのか？」

「その……ほとんど初対面の相手なので、ちょっと怖くて」

瑞穂曰《いわ》く、今までも併せの誘いを受けたことはたくさんあるらしい。

併せで撮影をしてみたいという憧《あこが》れはあるのだが、着替えや行き帰りのタイミングなどで素の自分を見られてしまうことへの不安の方が大きく、どうしても実現に踏み切れないでいたのだという。

「でも、もし最上くんが一緒に来てくれるなら……大丈夫な気がするんです」

「なるほど」

「なので、もしよろしければ……来て、いただけませんか？」

遠慮がちに、そんなお願いを口にする瑞穂。亮介としては断る理由もなく、すぐに首を縦に振った。

「わかった。俺も行くよ」

「あ……ありがとう、ございます」

瑞穂は本当に嬉《うれ》しそうに破顔する。

それを見て亮介もほっこりした気分になっていたのだが、そのあと相手の写真を見せてもらって少しだけ複雑な心境になってしまった。

（……そういえば相手、男なんだよな）

黒魔術士ニゲルの性別は、男である。そして相手のコスプレ写真を見たところ中性的な美少年といった雰囲気だった。

そんな美少年と瑞穂が二人で楽しく撮影に興じている様子を思い浮かべて微妙な気持ちになってしまうのは、自分が狭量すぎるのだろう。もともと、亮介と瑞穂の関係などコスプレ撮影を手伝うというだけの間柄なのだから。

その後瑞穂はすぐにメッセージを送り、とんとん拍子に話が進んだ結果、一週間後にコスプレスタジオで併せ撮影をすることが決まったのだった。

#SNS #Superpopularity #Cosplayer
#Classroom #Shyness #Unpainted-face #Cute

第三章　はじめての併せ撮影

その日、瑞穂《みずほ》はいつもより明らかにテンションが高かった。

コスプレスタジオへ向かう電車内では、終始そわそわした様子だった。楽しみで待ちきれないといった具合だ。寡黙で喋《しゃべ》りもたどたどしいのはいつも通りだが、移動中はぎこちないスキップをしていたし、ふんふーんと可愛く鼻歌を歌っているのも聞いた。

そしてスタジオに到着してコスプレ姿に着替え終えると、亮介《りょうすけ》の裾《すそ》をぐいと摑《つか》んで急《せ》かしてきた。

「最上《もがみ》くん、はやく行きましょう！」

「お、おう……わかった」

瑞穂が速足で階段を上っていくので、亮介も慌ててその後ろを追いかける形になる。

遊園地に遊びに来た子供のようにはしゃいでいる姿を見て、何だか微笑ましい気持ちになってしまう亮介だった。

（桜宮《さくらみや》のやつ、本当に楽しみにしてたんだな）

スタジオに来て撮影するのは初めてだと瑞穂は言っていた。

コスプレスタジオと一口に言ってもその種類は様々だが、亮介たちがやってきた場所は大規模なシェアスタジオである。

五階建ての大きな建物の中に、多種多様な撮影ブースが揃《そろ》っていた。電車や教室といった現実的なものから、酒場や廃墟《はいきょ》、スチームパンク、骸骨《がいこつ》の壁といったファンタジー空間、それに神殿や王宮といった派手なスペースなんかもある。

併せの相手とは現地集合で十一時待ち合わせとなっていたが、一足先に来て見学したいという瑞穂の希望もあって亮介たちは開館直後の十時過ぎに到着していた。

「うわーっ、本当にすごいですねー！」

そうして撮影ブースにやってきて、瑞穂は感嘆の声をあげた。

「確かに、ものすごく作りこんであるんだな」

「はい！　宅コスじゃ絶対作れない背景ですね！」

ピンク色に彩られた寝室。薔薇《ばら》の模様で彩られたカラフルな壁に、枕が二つ並んだダブルベッド。薄桃色のレースカーテンまでついていてお姫様が使っていそうな豪華で可愛いベッドだった。家具も全て色が統一されておりメルヘンチックな空間だ。

「これは何のブースなんだろうな」

「何でしょう？　地図を持ってきたのでちょっと確認してみますね！」

そう言って意気揚々とフロアマップを手に広げた瑞穂だが、ブースの名前を確認すると一転して顔を真っ赤に火照らせてしまい、小さくなってしまった。

「ど、どうしたんだ桜宮？」

「い、いえ!!　その、ちょっとびっくりしちゃっただけで!!」

「そんなに変わったブースだったのか？」

「えっと……これ見てください」

差し出された地図を見て、亮介は瑞穂がおかしくなった理由を完全に理解する。

ブース名が、〈ラブホテルの一室〉だったのだ。

多種多様なブースが揃っているとは聞いていたが、まさかそんなブースまであるとは。

予備知識を得てから改めて部屋を見てみると何となく納得できてしまった。

「……確かに、言われてみればそんな感じだな」

「も、最上くん、もしかして経験があるんですかっ!?」

「いや経験なんてあるわけないだろ！　話に聞いただけだよ！」

「そ、そうでしたか」

瑞穂はどうも落ち着かないとばかりに視線を泳がせている。何ともいたたまれない空気になってしまったので、亮介はこの場を離れることを提案した。

「と、とりあえず次行くか？」

「は、はい」

そうして移動してからは、罠《わな》ともいえるいかがわしいブースはなかった。

アンダーグラウンドな雰囲気漂う、裏路地ブース。異世界にやってきたと錯覚させられる洞窟《どうくつ》ブース。工場の一画を再現したサイバーブース。様々な魅力的なブース、そして撮影に興じるコスプレイヤーを見て、瑞穂はどんどんハイテンションになっていった。

「最上くん！　ほら、次行きましょう！」

そして声をかけると同時に、瑞穂は、ブースを眺めていた亮介の手を握った。

亮介は、突然の柔らかい感触にどきりとしてしまう。

ただ握っただけではなく、しっかりと指を絡めた恋人繋《つな》ぎともいわれるやつだった。

当の瑞穂は早く次のブースを見たいという気持ちから無意識にやっていたのだから、なおさら質《たち》が悪い。思わず固まってしまった亮介に対して瑞穂は不思議そうに首を傾げた。

「どうしたんですか？　最上くん？」

「いや……その、何というか」

視線の動きで手元を指してみせた亮介。そこで瑞穂はようやく気づいたらしく、慌ててぱっと手を離した。

「あっ……す、すみません！　わたし、ちょっと舞い上がっちゃって」

「い、いや。別にいいんだけどさ」

すると、そのタイミングでちょうど瑞穂の携帯に着信が入った。

電話に出た瑞穂は何やら話したあと、にっこりと笑みを浮かべてみせる。

「併せのお相手も準備が整ったらしいです。えっと、行きましょうか」

「そうか、了解」

そうして亮介たちは待ち合わせ場所である一階のラウンジまで下りていった。

○

「あーっ、サクラちゃん！　おはよー！」

「おはようございます、カラモモさん！　すみませんお待たせしちゃいまして！」

ラウンジに行くと、待ち合わせ相手は元気な挨拶《あいさつ》で出迎えてくれた。

カラモモというのはコスネームである。『モノクローム・コンバタント』の黒魔術士であるニゲルのコスプレをしており、瑞穂の扮《ふん》するミリアとは共闘を繰り返すうちに距離を縮め、最終的に男女の仲となる関係だ。

　それはいいのだが——

　軽快な足取りで歩み寄ったカラモモは、いきなり瑞穂にぎゅっと抱き着いたのだった。

「えへへー、やっぱり生で見るとすっごく可愛いね！　サクラちゃん」

「ありがとうございます！　カラモモさんもすごくかっこいいですよ！」

　瑞穂の方も抵抗することなくニコニコ顔で受け入れていた。

　驚いたのは、それを横から見ていた亮介である。

（う、うそだろ？　ほとんど初対面の異性にハグなんてできるか？）

　しかしカラモモは近くで見ると本当に端整な美少年だった。野性的な男顔というよりは中性的で清潔感のあるタイプで、いかにも女子受けがよさそうな顔立ちである。

　そんな二人の距離の近さに動揺を隠せない亮介だったが、ちょんちょんと指で突っつかれて我に返る。振り返ってみるとそこには大きな鞄《かばん》を持った茶髪の少女が立っていた。カラモモと同じく見た目からして同年代だ。

「あなたがサクラさんのカメコね？」

　その少女は、亮介の方を見てそう尋ねてきた。

「あ、ああ。そうだけど」

「あたしは桃山莉子《ももやまりこ》、カラモモの専属カメコよ。今日はよろしく頼むわね」

「えっと、俺は最上亮介。こちらこそよろしく」

初対面の相手だから敬語を使った方がいいかとも一瞬思ってしまったが、向こうが完全にタメ口なので亮介もそれに合わせることにした。そうして名前だけの簡単な自己紹介が終わったところで莉子は本題を切り出してきた。

「さっそくだけど今日の撮影方針を軽く打ち合わせしておきたいの。まずは機材の確認をさせてもらってもいい？」

「え？」

「あたしが持ってきたのはカメラの他にストロボ、ディフューザー、ライトスタンド、ホルダーといった感じね。レフ板と三脚はあなたが持っていなければ今レンタルしてこようと思うのだけど、どうかしら」

莉子は肩にかけていたカメラバッグを床におろし、ファスナーを開けて中身を見せてくれた。そこには使い方もわからないような本格的な機材が並んでいる。

しかし、当然のように並べられた専門用語に亮介は閉口してしまった。

カメラマン同士ならごく自然な確認事項なのだろうと推測はできるものの、ろくに知識のない亮介には何と返答すればいいのかわからない。

黙り込んでしまった亮介のことを不審に思ったのか、莉子は眉《まゆ》を顰《ひそ》めた。

「どうしたのよ？　あたし何か変なこと言ったかしら？」

「あ、いや別にそういうことじゃなくて」

「まあいいわ。とりあえずあなたのカメラバッグを見せてちょうだい」

そう言われてもカメラバッグなんて持っていないのだ。

ばつが悪そうに頭をかいた亮介は、そのことを正直に告白した。

「えーとだな、俺、機材とか持ってないんだ」

「……はあ？」

すると莉子は信じられないとばかりに目をぱちくりさせる。

「え、全部レンタルですませるってことかしら？　確かにこのスタジオは貸し出しが充実しているから何とかなるとは思うけれど」

「いや、普段は携帯のカメラ機能で撮ってるんだ。そんな本格的な機材を使った撮影はしてないんだよ」

「携帯のカメラ機能？　嘘でしょ、あのサクラさんのカメコが？」

莉子は信じられない、とばかりに非難めいた視線を向けてくる。

最初の友好的な態度が嘘のように冷ややかな目をしていた莉子だが、やがて肩をすくめて、はあとわざとらしくため息をついてみせた。

「あたし、撮影技術には自信あるから任せてもらって構わないわよ。あなたは後ろで見学でもしてるといいわ」

「は、はあ」

刺々《とげとげ》しい言葉をぶつけてきた莉子は、もう亮介に対する興味を失ったらしく、踵《きびす》を返してカラモモの方へと向かっていった。

入れ違いにやってきたのは瑞穂である。

「カラモモさんと簡単に方針を話してきたんですけど、最初は三階の廃墟ブースで撮影することになりました！　行きましょう」

「おう。わかった」

「ところでさっき向こうのカメコの方とお話ししてましたけど、何を話してたんですか？」

「えっ……」

端的にいえばカメラマンとして無知を晒《さら》し、呆《あき》れられたというだけだ。聞かせるのも恥ずかしいような話なので亮介はお茶を濁したような言い方をする。

「いや、大した話じゃないよ」

「遠目からしか見えなかったんですが、仲良さそうに話してたように見えたのでちょっと気になったんです。わたしに話したくないというなら別にいいですけど……」

しかし、瑞穂はそれを変なふうに勘違いしてしまったらしい。

拗《す》ねたようにちょっぴり頬を膨らませていた。

亮介としてはそれよりも瑞穂とカラモモの距離感について尋ねたかったのだが——話を切り出すより先に移動が始まったので、聞くタイミングを逃したのだった。

○

「サクラさん、右側に重心をつくって上半身を少し傾けてもらえるかしら。あっ右足はつま先立ちのイメージで」

「ええと……こんな感じでしょうか？」

「いいわね。カラモモは手を腰の骨盤に置いて、もう一歩だけ右足を下げて」

「オッケー！　これでいいかな？」

「ばっちりよ、じゃあ撮るわね。三、二、一……」

パシャ、とシャッター音が鳴り、撮った写真を確認した莉子は満足そうに頷《うなず》いた。

「うん、完璧《かんぺき》ね。サクラさんはすっごく可愛く撮れてるし、カラモモもかっこよく撮れてるわよ。じゃあ次の構図に行きましょうか」

「ねーサクラちゃん、ボク二話で出てくる背中合わせに武器を構えるシーンやりたいな」

「いいですね！　やりましょう！」

わいわい、がやがや。

瑞穂とカラモモはにこやかに意見を交わし、スムーズに撮影が進んでいく。

お互いに原作となっているアニメは完全に頭に入っているようで、短い言葉のやりとりだけで意思疎通が図れているようだった。そしてそれは一眼レフを構える莉子も例外ではなく、二人が撮ってほしい構図を言うとすぐに機材を動かし、指示を出していた。

そんな中、一人蚊帳《かや》の外となっていたのが亮介である。

「……なんだかなあ」

何せ、やることがないのだ。

莉子の撮影技術は見事なもので、二人の姿を鮮やかかつ印象的に切り取っていた。現実で見るよりもさらに魅力を増すようなクオリティの高い写真は、亮介がスマートフォンを使って見様見真似に撮っていた写真とは大違いだった。

そうなると撮影者としては出る幕がないし、原作アニメの知識を共有している三人の会

話にも全くついていけない。結果として亮介はただの見学者となってしまい、端の方でぼんやりと撮影風景を眺めるだけとなっていた。

（まあ、そりゃそうだよな）

ひょんなことから瑞穂の撮影に付き合うようになったが、亮介にはコスプレのこともカメラのこともまるで知識がない。

三人の熱量にはとてもついていけないのだ。

楽しそうに会話している瑞穂たちを見て、亮介は疎外感のようなものを覚えていた。

そしてもう一つ、亮介の心をかき乱すことがあった。

撮影が進むにつれ、瑞穂とカラモモの距離がどんどん縮まっていたのだった。

原作の中で最終的に男女の仲になる二人だから、アニメのシーンを再現しようと思えば密着度の高い場面があるのも自然なのかもしれない。しかし実際に瑞穂が男のレイヤーと絡んでいるところを見ると、亮介は何だかモヤモヤしていた。

「二話の戦闘シーンで、ニゲルがミリアを守ろうとして押し倒しちゃうシーンあったじゃないですか！　次、あんな感じの写真撮りたいです！」

「いいねー！　でもいいの？　ボクがサクラちゃんのおっぱい揉《も》んじゃって」

「大丈夫です、気にしませんから。あ、でもヌーブラで多少盛ってるのでずれないようにお願いします！」

「二人ともそれでいいのね。えーと……それじゃあ、サクラさんはこっちに足を向けて寝転がってくれるかしら。ちょっとだけ顔を上げて、それでカラモモは上に乗って……」

そうして出来上がるのは、瑞穂の腰の上に乗っかるような形のカラモモが、両手で瑞穂の胸を揉みしだくというアウトすぎる構図だ。

（いやいや……さすがに、それはないだろ⁉）

全力でツッコミたいのだが、三人ともあまりにも自然だった。

瑞穂は何も言わないし、同じ女子である莉子も特に気にする様子はない。

そのせいでコスプレの世界ではこれくらい普通であり自分の方がおかしいのではないかとすら思えてくる。スムーズに進んでいる撮影に割って入る勇気もなく、亮介はただ傍観することしかできなかった。

そして同時に、亮介は考えていた。

なぜ自分は悶々《もんもん》とした気分になっているのだろうと。

瑞穂のことを可愛いとは思うし、ここ最近一緒に撮影しているのは楽しかった。

でも恋愛感情を抱いているかというと、そんなことはないはずだ。

第一、交流を持つようになってから二週間ほどしか経ってないのだし――

「あっ最上くーん、場所移りますよ！」

と、瑞穂からの呼びかけで亮介は我に返った。シェアスタジオは混雑時だと三十分程度でブースを譲るというルールがあるので、廃墟《はいきょ》ブースで撮りたい写真を撮り終えた三人は次のブースに向かうのだという。

莉子は一度機材をまとめてカメラバッグにしまっており、バッグに入らない大きなものはカラモモが運ぶのを手伝っていた。

亮介も床に置いていた自分の鞄《かばん》を持ち上げて肩に担ぐ。するとそこで、瑞穂はといえば何だか申し訳なさそうな表情を浮かべていた。

「あの最上くん、退屈してませんか……？」

「えっ？」

「ずっと端の方にいるので……最上くんは撮影に参加しないのかな、と思って」

そういえば瑞穂は、亮介と莉子のやりとりを知らない。

だから純粋に気遣ってくれたようだった。

「俺は今日見学することにしたんだ。撮影に関しては桃山の方が全然上手だし俺の出る幕もないからな。見てるだけでも面白いから、気にしないでくれ」

せっかく楽しそうに撮影をやっているところに水を差すのは悪い。そう考えて亮介は気丈に振る舞ってみせたのだが、すると瑞穂はちょっぴりしょげていた。

「ごめんなさい、誘ったのはわたしなのに全然気が回らなくて」

「いいよいいよ。それよりも撮影、まだ続くんだろ？」

「は、はい！」


それからもまた何度か場所を移し、午前の撮影は開始から二時間ほど経ったところでようやく終わりを迎えようとしていた。

アニメ最終話の舞台が神殿であるため、最後の撮影場所は神殿ブースである。

「じゃあ、次のシーンラストでお願いします！」

「どんなシーンをやるのかしら？」

「クライマックスの、ミリアがニゲルにキスするところはどうですか？　あ、カラモモさんが構わないならですけど」

「ボクは全然オッケーだよ！」

そうやってとんとん拍子で話が進む中――

「キ、キ、キス!?」

さすがにスルーできない言葉に、亮介は思わず口を開いてしまった。

今までずっと黙り込んでいたわけだから、三人の視線がいっぺんに集まる。不審がるように眉《まゆ》を顰《ひそ》めたのは莉子だった。

「どうしたのよ？　何かあったのかしら」

「い、いや……いくら撮影だからってキスはまずいんじゃないか？」

するとおかしそうに笑い出したのはカラモモ。

「オーバーだなー、キスっていってもボクのほっぺにチュっとしてもらうだけだよ」

「そ、それでもだな」

「わたしはほんの軽くなら、口と口でも気にしないですよ。作中にそういう描写はないですし、二人はそこまでの関係にはなってはないと思うので撮りませんけど」

そして更にとんでもないことを言ってのけたのが瑞穂だ。

亮介は衝撃を受けてしまった。

普通、男女で唇にキスをするというのは特別な意味を持つはずだ。撮影のためとはいえ、さすがに一線を越えている気がする。そう考え、ひどく当惑してしまった亮介だが――

「だって、女の子どうしですし」

「…………えっ？」

瑞穂の一言で、自分のとんでもない誤解に気づくことになる。

女の子どうし。

一瞬その意味が理解できずに固まってしまった亮介のことを見て、カラモモは不思議そうに首を傾げてみせた。

「あれ、サクラちゃんから聞いてなかった？　ボクは女だよ？」

「そ、そ、そうだったのか？」

「本名は香月杏奈《かづきあんな》っていうんだ。コスネームのカラモモは杏《あんず》の別名、唐桃にちなんでるんだよ」

「ま、まじか……」

「男に間違われるなんて、男装レイヤー冥利《みょうり》に尽きるって感じだけどねー。ほら胸だって膨らんでるからこんなふうにさらしで潰《つぶ》してるんだよ！」

杏奈はそう言いながら、ごく自然に服を脱いでみせる。

胸のまわりは白い布でまかれているが、それ以外に何も隠すもののない上半身が露《あら》わになった。

すぐさま反応したのは他の女子二人で、瑞穂は「見ちゃだめですー！」と大きな声を出して亮介の目の前を両手でふさぎ、莉子はこつんと杏奈の頭を殴った。

「いたっ……な、何するのさ莉子ちゃん」

「それはこっちのセリフよ！　男子の前で何やってるの！」

「むむう……」

ふてくされて頰を風船のように膨らませている杏奈を、亮介は改めて見つめていた。

男装メイクのせいもあって中性的な顔立ちをした美少年といえる容姿に仕上がっている杏奈だが、一度女の子だと言われればそう見えてきた。

（な、何だよ……）

午前中、二人の絡みにモヤモヤしていたのが途端にばからしくなった。

女の子どうしがイチャイチャしていただけ、だったのだ。

それから瑞穂が杏奈の頰へとキスをするシーンを、亮介はとても穏やかな気持ちで見ていることができた。微笑ましいと思ってしまったくらいだ。

——そんな亮介に対して険しい視線を向ける人物がいたことは、また別の話である。

○

午前中の撮影は無事終了した。

今日は衣装をもう一つ用意しているため、午後には別のキャラでの併せ撮影をする予定である。しかしその前に昼食の時間を挟むことになった。

建物の中で飲食可能なスペースは一階のラウンジだけなので、下まで行くことになるのだが、そこで瑞穂がおずおずと手を上げた。

「すみません、お手洗いに行ってきてもいいですか？」

「あーボクも！　さっきから我慢してたんだー！」

「いいわ、それじゃあラウンジ集合にしましょう。最上君、あたしたちは先に行くわよ」

二人の申し出に対して莉子がそう言ったため一時的に別行動となる。瑞穂と杏奈が女子トイレの方に消えていったあと、莉子と二人きりになった亮介は何だかやりにくさを感じてしまっていた。

初対面で色々と言われてしまったので、苦手意識ができていたのだ。

しかし無言のまま階段を下りるのが何だか気まずくて、亮介は話題を探そうと考える。

「あのさ、桃山ってどうしてコスプレカメラマン始めたんだ？」

そして当たり障りのなさそうな話題としてそんなことを尋ねてみた。

莉子はぴたりと足を止め、じろりと亮介の方を見てから口を開いた。

「あたしはもともとカメラが好きだったのよ。お父さんがカメラマニアみたいな人だからその影響で昔から色々と弄ってたのよね。それで人物写真を撮ってみたいと思ってコスプレイベントに参加して……そこでコスプレの魅力に取りつかれて、今ではコスプレイヤーばかり撮っているわ」

　コスプレ撮影をする人のことはカメコとも呼ばれるらしい。

　レイヤーの知り合いがおらずイベントで頼んで撮影させてもらう野良《のら》カメコだった莉子は、イベントで出会った杏奈と偶然同じ学校ということがわかり、それから専属カメコとして撮影しているのだという。

　そんなことを饒舌《じょうぜつ》に話す莉子の目は、本当に好きなことを語る目だった。

「好きなんだな、コスプレ撮影」

「ええ、大好きよ。だからこそ不純な動機でこの界隈《かいわい》に入ってくる人間が許せないの」

「不純な動機？」

「可愛いレイヤーと仲良くなりたいっていう理由でカメコになる人、けっこう多いのよ。コスプレの撮影ってネット上で知り合ったレイヤーとカメコが撮影するなんて場合がわりと一般的だけど、二人きりになるのをいいことによからぬことをしようとするのよね」

「……それはひどいな」

「実際、そういう被害に遭いそうになったって訴えてるレイヤーさんもいるわ」

そんな事案が本当にあるのだとしたら、確かに許せないことだ。

亮介は、第三者的な立場からそう感じていたのだが——

「だからあたしは、あなたのような人間が嫌いなのよ」

「……え？」

突然の宣告に、言葉を失ってしまう。

驚いて莉子の方を見ると、その視線は冷たいものだった。

なぜ自分が槍玉《やりだま》にあげられたのかわからない亮介は、戸惑ったように頭をかいた。

「ど、どういうことだよ？　何で俺が嫌いって話になるんだ？」

「一応聞いておくけど、あなたはサクラさんと付き合ってるわけではないのよね？」

「えっ……ああ、うん。俺は撮影に協力してるだけだけど」

「それならどうして、杏奈と絡んでるのを苦い顔で見てたのかしら」

そう言われ、亮介は返す言葉を失ってしまう。それは確かに自分でも疑問に思ってしまったことだったのだ。

無言の亮介に、莉子は更に続けた。

「あなた、杏奈が男だって勘違いしてたのよね？　だからサクラさんが男のレイヤーと絡んでるんだと思ったんでしょうけど、それで気にするってことはあなたにはやましい気持ちがあるんじゃないかしら」

「いや、それは誤解というか……本当にそんなことはないんだ。今の関係になったのも、もともと桜宮から撮影してほしいって頼まれたからだし」

「……へえ」

すると莉子は訝《いぶか》しげな表情を浮かべながらも、こくりと頷《うなず》いてみせた。

「なら、一つ提案があるのだけど」

「な、何だ？」

「サクラさんの専属カメコ、あたしにやらせてくれないかしら」

「え？」

冗談かと思ったが、本気らしい。

莉子の目は真剣そのものだった。

「今日撮影させてもらってわかったけど、サクラさんはとんでもないレイヤーね。憑依《ひょうい》コスプレイヤーなんて呼ぶ人がいるのも頷けるわ。カメラを向けたら、ぱっと自分の世界に入っていくところなんて……人気を集めるだけの理由はあるわね」

「お、おう」

「でも！　だからこそ、もったいないと思うのよ。先週投稿してた涼香《すずか》のコスプレ写真、あなたが撮影したのよね？　撮影技術が稚拙すぎて……あたしなら、もっともっと魅力的に撮ってあげられるのにって思ったの」

あまりにも突拍子もない提案だ。亮介は即答で断ろうとしたが、口に出す一歩手前で、言葉を飲み込んでしまった。

（いや……待て、よく考えろ）

もともと撮影に付き合ってくれと頼まれたのは、他に撮る人がいなかったからだ。

あの内気な素顔を見せることを恐れ、瑞穂はカメコとの交流に踏み出せていなかった。

ならば、瑞穂にとって自分はあくまでも撮影者に過ぎないのではないか？

もっと高い技術を持つ撮影者がいれば、瑞穂はそちらの方を望むのではないか？

そんなことを考え始めて亮介の頭はかき乱されていった。瑞穂と撮影するのは楽しいけれど、自分の撮影技術が皆無なのはよくわかっている。十万ものフォロワーを抱える人気コスプレイヤーを撮影するには明らかに荷が重いし、高い技術を持つ莉子に代わってもらった方が瑞穂だって喜ぶはずだ。

それに、瑞穂は杏奈や莉子と打ち解けていたし、素顔のことをちゃんと伝えておけばうまくやっていけるだろう。

そこまで思考をめぐらせた亮介は、首を縦に振った。

「……わかった。俺はそれで構わないから、あとで桜宮に話をつけてくれ」

「え？　本当にいいのかしら？」

「ああ。桃山が撮った方が良《い》い写真になるってのは、もっともな話だからな」

そうして、長い立ち話は終わった。


「遅いよー、ボクたち待ちくたびれちゃったんだけどー」

「最上くんに桃山さん、ここ座ってください！」

それからラウンジにやってくると、瑞穂と杏奈はもう弁当を広げていた。亮介たちのことに気づくと笑みを浮かべてこっちこっちと手を振ってくれた。

亮介は瑞穂の隣、莉子は杏奈の隣に座り、テーブルを挟んで向かいあう形となる。瑞穂はすぐに鞄《かばん》の中を探り始めると満面の笑みで弁当箱を一つ差し出してきた。

「これ、最上くんのお弁当ですっ」

「あれ……作ってくれたのか？」

「はい！　今日は一日付き合っていただくので、お礼にと思いまして！」

蓋《ふた》を開けてみると、現れたのは見事な幕の内弁当だった。卵焼き、かまぼこ、焼き魚、揚げ物、佃煮《つくだに》などが入った手作りとは思えない豪華なものである。

そうして昼食の時間が始まるのだが、そこで質問を投げかけてきたのは杏奈だった。

「ところで二人は何してたの？　ボクたちがお手洗いに行ってからここに来たあとも、しばらく来なかったけど」

「あー、まあちょっとした話をな」

「ちょっとした話？」

「桜宮に関する話なんだ」

名指しされた瑞穂は予想外とばかりに目を見開き、首を傾げてみせる。

「わたしに関する話、ですか？」

「ああ。今度から桜宮のコスプレ撮影を桃山に代わってもらおうかと思ってるんだけど……桜宮はそれでいいか？」

そう言った瞬間、瑞穂はぽろりと箸《はし》を落とした。

瑞穂の手を離れた割り箸は弁当箱の容器にこつんとあたると、跳ね返ってテーブルに転がって勢いに乗ったまま床へと落ちてしまった。しかし瑞穂はそんなこと気にとめることもなしに、亮介の方にばんと机を叩《たた》いて立ち上がった。

「どどどうしてですか!?　わ、わたしとはもう撮りたくないってことですかっ!?」

「いやそういうことじゃなくて」

「わたしが何か気に障ることをしてしまったなら謝ります、謝りますから……！」

涙目でぺこぺこと頭を下げる瑞穂に、亮介は完全に戸惑ってしまう。

まるで別れ話を切り出す彼氏と、それが受け入れられない彼女といった雰囲気になってしまっていた。亮介は何とか誤解を解こうと焦り、急いで口を開いた。

「待ってくれ、桜宮！　俺が撮影に付き合うの嫌になったわけじゃないから」

「じゃあどういうことなんですかっ？」

「桃山が俺の代わりに撮りたいっていうんだよ。もともと俺が桜宮の撮影に付き合い始めたのって他に撮る人がいなかったからだし」

食い気味に顔を近づけてくる瑞穂を制し、亮介は続ける。

「桜宮だって良い写真撮ってもらえる方が嬉《うれ》しいだろ？　俺は正直言って撮影技術とか何もわからないし、今日の撮影でもわかったように桃山の方がはるかに良い写真撮ってくれると思うからさ」

「……最上くん」

「そんなわけで、俺が桜宮とコスプレ撮影するのは今日かぎりにしようかと……」

——ぎゅっ。

その言葉を打ち切るように、瑞穂は、亮介の腕を両手で握った。

亮介が驚いて視線を向けると、瑞穂はとびきり可愛い上目遣いで見つめたまま言う。

「そ、そんなのだめですっ!!　わたしは、最上くんに撮ってほしいんですっ!!」

予想外の言葉だったので亮介は硬直して返す言葉を失ってしまっていた。すると瑞穂は今度は少し怒ったように頬をリスのように膨らませ、更に言葉を続けた。

「わたし、最上くんと一緒に撮影するのが好きなんです。だからわたしと撮るのが嫌になったわけじゃないなら、そんなこと言わないでください」

「お、おう……」

「それにわたし、立派な写真が撮りたいなんて思ってませんから。わたしはその、楽しくコスプレできればそれでいいと思ってるんです！」

その言葉には少し違和感があった。

瑞穂がクオリティに対して並々ならぬ情熱を持っていることを知っているからだ。衣装やウィッグ、メイク、そして写真のレタッチといった様々なところで細部までこだわっているのはよく見てきた。

自分のことを気遣って言ってくれたのかもしれない、と亮介は思う。

しかし何にせよ瑞穂の気持ちは嬉しかった。

亮介がちらりと莉子の方を見ると莉子は小さく肩をすくめてみせた。

「レイヤーさんにそこまで愛されてるんじゃ、あたしの入る隙間なんてないわね」

「いやーアッツアツだねー、ボク恥ずかしくなってきちゃった」

「アッツアツって……あはは」

こうしてこの話は一件落着となり、その後は和やかな雰囲気で昼食の時間を過ごすことができたのであった。

○

「……ごめんなさい」

午後の撮影前、莉子は頭を深々と下げて謝罪してきた。

「いやいや、そんな謝らなくても」

「あたしの勘違いで色々ひどいことを言ってしまったわ。こんな言葉だけの謝罪ではあなたの気もおさまらないだろうし、もしよければ一発殴ってもらっても構わないのだけど」

「女子を殴るなんてできるわけないって！　それに俺、別に怒ってないし」

「本当？」

莉子はすまなそうな表情を浮かべたまま、ちょっぴり不安げに顔を上げた。

ちょうど今は午後の撮影に向けて瑞穂と杏奈が更衣室で二着目の衣装へと着替えている最中だった。待っている間亮介は再び莉子と二人きりだったのだが、そこで亮介は聞かれるがままに瑞穂と交流を持つようになったきっかけや今の関係性なんかを話してみせた。

そして、現在に至るというわけである。

「それにしてももっと前に話してくれればよかったのに」

「いや、桃山の言うことも正論だと思ったんだよ。実際、俺は撮影するっていうのにスマホ一つって有様だし、真剣にカメコやってる人からしたらありえないって言われるのも当然だと思う」

「そう……」

「色々言われたけど、あれは桃山が本当にコスプレ撮影のこと大好きだから出てくる言葉なんだろうなと思ってさ。だから全然怒ってないよ」

莉子は意外そうな顔をすると、それからふふっと優しい笑みを作った。手元ではカメラバッグから出した一眼レフの調整を行いながら、顔だけ亮介の方へと向けてしゃべりかけてきた。

「あなた午後はどうするの？　サクラさん……桜宮さんのことを撮ってあげるのかしら」

「いや、午前と同じで見学してるよ。どうせ役には立てないし」

「もしよければ撮影のアシスタントを頼んでも構わないかしら？」

「アシスタント？」

亮介が聞き返すと、莉子は補足してくれた。

「レフ板を持ってもらうとか、ライトの調節をしてもらうとかそういう仕事よ。次に併せをやる作品がちょっと曲者《くせもの》でどうしてもストロボを多用して撮影することになりそうなのよね。無理にとは言わないけど、一人いてくれたらすごく助かるしスムーズに撮影が進められると思うの」

「わかった！　そういうことならぜひやらせてくれ！」


そうして午後の撮影では、亮介は午前とうってかわって忙しく動き回ることになる。

「最上君、もう少し右にレフ板動かしてくれないかしら」

「こ、こんな感じか？」

「うんばっちりよ。それで杏奈は左側重心で腰を入れるイメージで立ってくれる？」

「オッケー！　これでいい？」

役に立てているのが嬉しくて、亮介は撮影アシスタントとしての仕事を楽しんでいた。

撮影の合間には、莉子が色々と技術的な話をしてくれた。構図のイメージ、ストロボをはじめとした機材の活用方法、そしてカメラの調整とその意図。何を考えてどう撮っているのかという話はすごく実践的で興味深かった。

かなり専門的な話も出てきたが、莉子の説明がすごくわかりやすいので全くの初心者である亮介も何となく理解することができた。そんなこんなであっという間に時間は過ぎ、夕方になると午後の撮影も終了となった。

瑞穂と杏奈の着替えを待ったあと、亮介たちはスタジオを出て帰路につく。

「いやー充実した一日だったねー。サクラちゃん、またボクと併せしてくれる？」

帰り道、横断歩道で信号待ちをしているときに、杏奈はニコニコ顔でそう言った。

しかしそれに対し、瑞穂は無言のままで。

杏奈は頭に手をあてて、ちょっぴり顔をしかめてしまった。

「あーっと、ボク何か変なこと言っちゃったかな……？」

機嫌を損ねてしまったと思ったんだろう。困った様子の杏奈とは対照的に、亮介は瑞穂の態度の理由がよくわかり合点していた。

瑞穂は今、コスプレをしていない。私服姿である。

亮介と喋《しゃべ》るときでさえたどたどしいのだから、杏奈や莉子に対しては完全に人見知りを発動してしまっていた。もどかしそうにもじもじしながら、助けを求めるようにちらりと亮介を見てきた。

仕方ないので、助け船を出すことにする。

「えーと気にしないでくれ香月。実は桜宮ってコスプレしてないときは……というか普段は、こんな感じなんだよ。内気というか人見知りというか」

「え？　そうだったの？」

「(こくこく)」

瑞穂は必死な様子で何度も頷《うなず》いてみせる。

すると杏奈はつかえが取れたとばかりに、すっきりした表情を浮かべた。

「なーんだ、よかった！　更衣室で着替えてるときから話しかけても何にも答えてくれないから、ボク嫌われちゃったのかと思ってたんだよー」

「(ぶんぶんぶんぶん)」

「それじゃあ、また一緒に撮影してくれる？　サクラちゃん？」

それに対して瑞穂はぐっと拳《こぶし》を握り、精一杯の笑みを浮かべてみせた。

「は、はい……よろしく、お願いします……」

併せ撮影のときとは全く違う、か細くて小さな声。

だけどそれを聞いた杏奈はぱっと顔を輝かせ、瑞穂に近づいてぎゅーっと抱き締めた。

「やったー！　じゃあまたね、サクラちゃん！」

「あっ……ま、また」

「ボクたちは向こうの駅から来たから。ここでお別れだけど、また連絡するよ！」

ばいばーいと手を振りながら帰っていく杏奈と莉子の背中を見送ったあと、亮介たちも帰り道を歩く。

と、そこでちょんちょんと指で突っついてきたのは瑞穂だ。

顔を向けると瑞穂はちょっと照れくさそうに口を開いた。

「あ、あの……来週は、また二人で撮影しましょうね」

もしかしたら、昼の騒動をまだ気にしていたのかもしれない。

瑞穂の優しい目を見せられて、亮介はぐっと心動かされていた。

（そうだ。俺はまたこれからも、桜宮のことを撮っていくんだよな）

あの時瑞穂は、立派な写真が撮りたいわけではないと言ってくれた。でもやっぱり瑞穂のことをできるだけ魅力的に撮ってあげたい、と思ってしまう。

一緒に撮影したいと言ってくれたのだからそれに応《こた》える意味でも良《い》い写真を撮りたい。

莉子のように巧みな技術を使いこなして、十万フォロワーを抱える人気コスプレイヤーの専属カメコとして釣り合うようになりたい。

そんなふうに考えを巡らせていたなかで、亮介は、あることを思いついていた。

「桜宮、ごめん！　ちょっとここで待っててくれないか」

「……え？」

それだけ言い残すと、亮介は走る。

目指すはさっき別れた二人だ。

まだそれほど離れていなかったから、ちょうど駅の改札手前で追いつくことができた。

はあはあと息を切らしながらも、亮介は大きな声を出した。

「待ってくれ、桃山！」

「最上君？」

振り返った莉子と杏奈は揃《そろ》って不思議そうな表情を浮かべる。

「どうしたのかしら？　何か忘れ物？」

「いや……実は、お願いがあって」

「お願い？」

莉子は怪訝《けげん》そうに首を傾げたものの、改札を離れてこちらへとやってきた。杏奈もそれに続いてひょこひょこと歩いてくる。

　二人が近くに来たところで、亮介はぺこりと頭を下げてお願いを口にした。

「厚かましいのはわかってるんだけど……俺に、カメラのこと教えてくれないか？」

「へえ」

　それを聞いて、莉子は口元をわずかに綻《ほころ》ばせた。

　亮介はそのまま畳みかけるように言葉を続けた。

「昼に桜宮が、俺と一緒に撮りたいって言ってくれたときすごくうれしかったんだ。でも俺は撮影の技術とかないから桜宮のことをうまく撮ってあげられなくて……だからこれから桜宮と撮っていくなら、技術を身に着けてもっと魅力的に撮ってあげたいと思うんだ」

「いい心がけだと思うわ」

　莉子はそう言って頷くも、そのあと申し訳なさそうな表情を作る。

「でもあたし、スマートフォンでは写真を撮らないから操作とかよくわからないのよね。悪いのだけど、あまり力になれないと思うわ」

「いやそうじゃなくて、一眼レフの使い方を教えてほしいんだ」

「一眼レフ？　あなた持ってるの？」

「持ってないけど……これから買おうと思って」

するとと莉子はびっくりしたように目を丸くして、それからちらりと隣の杏奈の方に視線を向けた。二人で無言のアイコンタクトをしたのち、確認するように尋ねてきた。

「えっと、一眼レフって高いわよ。高いものは百万とかのものもあるし、まともに使えるものなら安くても五万くらいはすると考えた方がいいわね。お金のあてはあるのかしら？」

「うっ。確かにそんな金持ってないけど……まあ、何とかするよ」

「本気なのね。わかったわ、それじゃああたしも協力してあげる」

そう言ってからポケットに手を突っ込むと、莉子は自分の携帯を取り出した。

「連絡先、交換しましょう。カメラのことなら詳しいからおすすめの機種から教えてあげるわよ」

「……ありがとう」


そしてやりとりを終えて戻ってくると、瑞穂は心細そうに道の脇で小さくなっていた。

帰ってきた亮介を見つけるなり、咎《とが》めるような視線をじいっと送ってくる。

「ごめんごめん、置いていっちゃって」

「えっと……ど、どこに行ってたんですか」

瑞穂のために撮影技術を教えてもらうよう頼んできた、と正直に言うのは何だか恥ずかしい。ある程度一眼レフを扱えるようになってから言いたいという思いもあり、亮介は適当に取り繕うことにした。

「桃山のところに行って、連絡先交換してきたんだ」

「れ……連絡先、ですか」

「ああ。今度また会いたいと思って」

「会いたい……」

しかしそうすると瑞穂は、ちょっぴり不機嫌そうに黙り込んでしまった。そしてしばらくしてから亮介の方に近づき、不器用に手を繋《つな》いできた。

「え？　ど、どうした桜宮？」

「あ……あの、これからどこかで夜ご飯食べませんか？　その、二人で」

「ああ、それは別にいいけど」

（桜宮のやつ……どうしたんだ？）

口に出して聞く勇気もなかったため、亮介は瑞穂の変化に触れないことに決めた。

その日別れるまで瑞穂がいつもより距離を詰めてきたことの理由に——亮介は最後の最後まで気づくことができなかったのだった。

第四章　コスプレカメラマンになろう

#SNS #Superpopularity #Cosplayer
#Classroom #Shyness #Unpainted-face #Cute

「……うーん、どう考えても足りないよな」

亮介《りょうすけ》は机の上に置かれた現金と睨《にら》めっこしながら、険しい表情で腕組みしていた。

お年玉の残りとお小遣いを合わせて、一万円ちょっとしかない。コスプレスタジオの料金が大きな出費となったこともあってかなりの金欠になっているのだ。

莉子《りこ》におすすめされた機種は六万円ほどするから、不足は五万円である。親に貸してくれというのは憚《はばか》られる金額だし思いつく手段といったらバイトして稼ぐくらいだろうか。

とはいえバイトをするにしても、実際にお金が入ってくるのはずいぶん先になる。今すぐ一眼レフを手に入れて莉子から技術を習いたい亮介からするともどかしい選択だった。

机に向かっていてもお金が増えるわけはなく、いたずらに時間が過ぎていく。

と、そこでコンコンと扉を叩《たた》く音がした。

「入っていいー？　夜のソロプレイとかしてないよねー？」

「その言い方やめてくれ！　全くもう……いいよ入って」

亮介がそう答えると手にアニメ柄（当然のように十八禁）の財布を持った夏帆《かほ》が部屋に入ってきた。全くの遠慮なしにベッドに腰かけたかと思うと、机の上を覗《のぞ》き込んでくる。

「あれ？　なーにやってんの亮介？」

「ちょっと所持金を数えてたんだよ。それで何か用なの？　姉さん」

「いやー、用事というか。結局まだ夏コミのバイト代払ってなかったでしょー？　この前の現物支給も全部返却されちゃったし。だから今渡しとこうと思ってねー」

「うわっまじか！　ありがとう姉さん、ナイスタイミング！」

夏帆が財布から取り出した一万円札を、亮介はありがたく受け取った。

これで全財産が倍になった。まだ全然足りてないとはいえ、非常に助かる。

しかしそんな亮介の過剰な反応を不審に思ったのか、夏帆は首を傾げてみせた。

「なになにー？　もしかして金欠なの、亮介？」

「金欠というか……ちょっとした事情があるんだよ。お金貯めなきゃいけなくて」

「へー。どんな事情なのか興味あるなー」

興味津々とばかりに目を輝かせる夏帆の圧力に負け、亮介は簡単に事情を話した。

瑞穂《みずほ》とコスプレを撮影していること。瑞穂のために良い写真が撮りたいから、ちゃんとしたカメラを購入して技術を磨きたいと思っていること。しかしそのためにはお金が足りず、バイトしようかと考えていたこと。

話を終えると、夏帆はふーんと感心したように頷《うなず》いてみせた。

「予想外にまともな理由だったねー。あたしはてっきりアダルトサイト見てて怪しげな広告でも踏んじゃったのかと思ってたよー」

「違うわ！　何でもそっち方面に結びつけるな！」

「あの類の広告は無視して消せばいいんだよって教えてあげるつもりだったのになー」

「姉さん、もうわかったから出て行ってくれないかな」

何というか頭が痛くなってきたので、亮介はそんなふうに言ってやった。しかしそうすると夏帆は頬を膨らませてあざとくむくれてみせた。

「あれー亮介、そんなこと言っていいのかな？」

「な、何だよ」

「弟がちゃんと青春してるみたいだから、ここは姉さんが一肌脱いであげようと思ったのになー。同人誌の売り上げがあるからお金には困ってないんだよ、あたし」

そう言った夏帆は再び財布を取り出すと、亮介の机にぽんと一万円札を四枚置いた。

亮介は驚きのあまり目を丸くする。

I LOVE

ぱちくりと何度か瞬《まばた》きをしたのち、夏帆の方に向き直っておずおずと尋ねた。

「えっ……本当に貸してくれるの？」

「だってお金必要なんでしょー？」

「それはそうだけど、今のところ返すあてもないし……」

「そこは心配しなくていいよー。このお金、バイト代の前借りって扱いにしてあげるから」

「バイト代？」

夏帆はにっこり頷いた。

「これから冬コミとオンリーイベントでも同人誌売るつもりだったんだけど、売り子と買い出しに好き放題こき使える弟がいるとすっごく助かるんだよねー。だからこのお金を受け取ったら、亮介には四日間バイトしてもらうよ！」

「な、なるほど」

貸す側の夏帆にもメリットのある提案のようだった。亮介としては願ったり叶《かな》ったりである。十八禁の同人誌を黙々と渡していく作業はもちろん歓迎するとは言い難いものの、カメラ代として必要なお金が今すぐ手に入るのだ。亮介は素直に感謝していた。

「バイト代前借りさせてもらうよ。本当に助かった、姉さん」

「うん。頑張っていい写真撮れるようになりなよー」

夏帆はそう言うと軽く手を振り、爽《さわ》やかに去っていった。悔しいけど恰好いいと思ってしまったのは内緒だ。

ともかくそんなわけで、亮介は軍資金を調達することができたのだった。

○

「……買ってしまった」

家電量販店の袋から白い箱を取り出し、中を開けると、ピッカピカの一眼レフカメラが姿を露《あら》わにした。

持ち上げてみるとずっしり重たい。取扱説明書を読まないと基本的な使い方すらわからないけど、それでも自分のカメラが手に入ったというのは感無量だった。思わず莉子がやっていたみたいに手で構えてしまう。

(よし、とりあえず桃山《ももやま》に報告するか)

亮介は一眼レフと箱を横に並べてスマホで撮影し、それを莉子に送信した。するとすぐに既読がつき、間髪を容《い》れずに電話がかかってきた。

「も、もしもし?」

『あなた本当に買ったのね。お金はどうしたの？』

「まあ……何とか調達した」

『そう。それじゃあ約束した通り、あたしの教えられるかぎりで撮影技術を色々教えてあげるわよ』

「ありがとう、桃山」

と、莉子は少し間を置いてから予定を尋ねてきた。

『明日、月曜日の放課後は暇かしら』

「え？　ああ、特に予定はないけど」

『それならあたしの家に来なさい。最寄駅までは迎えに行ってあげるわよ』

「い、家？　桃山の家に行くのか？」

『オンラインで教えるのも面倒なのよ。実際に撮影の練習とかするのにも、同じ場所にいた方がやりやすいと思うし』

「確かにそれもそうだな……わかった、じゃあ行くよ」

『待ってるわ』


そして翌日。

亮介はカメラを入れるためにいつもより大きめの鞄《かばん》を持って家を出た。

準備に手間取ったせいか始業時刻ギリギリの登校となってしまい、教室に入るともうすでにもぬけの殻となっていた。そういえば一限が体育なのを思い出す。急いで体操服に着替えて体育館へと向かうとちょうど出欠を取っており、亮介は滑り込みでセーフとなった。

「あ、危なかった……」

ほっとするのもつかの間、ムキムキの体育教師が授業の流れを説明し始める。

競技は男女合同でのバスケで、練習はチームごと。その前の柔軟体操と軽いキャッチボールは適当に二人一組を作ってやってくれとのことだった。マッチョ教師の合図とともにあちこちでペアが作られはじめる。

亮介はこういうときは大抵、例の三人組の誰かと組んでいた。四人が偶数となるのでおさまりがいいのだ。今日もそうしようと周りを探し、佐藤《さとう》と高橋《たかはし》を見つけたのでそちらへと歩いていく。

「おう亮介、おはよー」

「お前もずる休みかと思ったけどちゃんと来たな」

「お前も？　そう言うってことはもしかして鈴木《すずき》のやつずる休みか？」

高橋はこくりと頷いた。

「ああ。何でも、楽しみにしてる新作ゲームの発売日だから引きこもって世界最速クリアを目指すんだとさ」

「何やってんだあいつは……でもそれじゃあ、俺は誰と組むかな」

無駄話をしていたせいで、周りはすでにだいたいペアが固まってしまったようだ。誰か他にペアを組んでない生徒がいないか探してみると、ぽつんと立っている瑞穂を見つけた。

「よし、じゃあ桜宮《さくらみや》と組むか」

「ま、まじかよ?」

「えっと……別に三人一組でもいいぞ?」

「いいっていいって」

そうして瑞穂のもとへと向かったのだが、二人からはすまなそうな顔で見送られてしまう。男女で組むと言い出したことをからかわれるかと思った亮介にとっては拍子抜けの反応であり、瑞穂への扱いに少し苛立《いらだ》ちにも似た感情を覚えてしまった。

しかしすぐに思い直す。二人は瑞穂のことを何も知らないのだから、仕方ないのだ。

十万人を超えるフォロワーを抱える人気コスプレイヤーとしての、瑞穂の顔。カメラを向ければキャラクターが憑依《ひょうい》したかのように多彩で魅力的な表情を見せ、ウィッグセットでは恐ろしいほど真剣にクオリティを追求し、そして会話を交わせば普段が嘘のように明るく饒舌《じょうぜつ》に喋《しゃべ》ってくれる。

もちろん、それだけじゃない。

教室での内気な素顔も、本当はとても可愛いのだ。クラスメートたちは会話がまともに通じない厄介者扱いしているけれど、打ち解けてくれれば、不器用ながらもまっすぐに思いを伝えようとしてくれる姿なんてたまらなく魅力的である。

そんな瑞穂の二つの顔を知っているのは、亮介だけなのかもしれない。クラスメートたちは少なくともコスプレイヤーとしての瑞穂を知らないし、逆にコスプレイヤー・サクラのファンは素顔の瑞穂を知らないのだ。

（俺だけが、知ってるんだよな……）

ぼんやりとそんなことを考えていた亮介だが、瑞穂のもとに行くと声をかけた。

「なあ桜宮。もしよかったらだけど、俺と組まないか？」

すると瑞穂はぱあっと顔を輝かせ、満面の笑みで頷いた。

「も……もちろんです。よ、よろしくお願いします」

「全員ペア作ったな！　それじゃあ、今から柔軟やってくぞー！」

そこでどうやら亮介たちを待っていたらしいマッチョ教師は、体育館中に響く野太い声で指示を出し始めた。近くにいたペアはお手本代わりに使われることとなる。

「始めるか」

「そ、そうですね」

「えっと、それじゃあ俺からやるよ」

「(こくこく)」

座って両足を開き、後ろから押してもらって前方に体を伸ばす。ごくありふれた柔軟体操である。亮介が足を開くと瑞穂は背中側に回り、小さな手でぐいと背中を押してくれた。よいしょ、よいしょと可愛らしい掛け声とともに力を加えてくれているのだが、非力なのか全然押されている感覚がしなかった。

「そ、そういえば……今日からまた新しい衣装作ろうと思ってるんです」

と、後ろから瑞穂が話しかけてくる。

「そうなのか。完成が楽しみだな」

「それで実は、ちょっと相談したいことがあるんですけど……」

「相談?」

「は、はい。なので……もしよかったら放課後にでも付き合ってくれませんか?」

ちょっと震えた声でそんな提案をしてくる瑞穂。

本当なら迷わず首を縦に振りたいところだったが、あいにく莉子との先約があった。瑞穂が新しい衣装を作り始めることを考えればカメラの技術を身に着けることは優先度が高いのも事実だし、この提案は断るしかないだろう。

「ごめん、今日は予定があるんだ」

「そ……そうですか」

しかしそうすると、あからさまに声が沈んだ。

顔を見なくても瑞穂が落ち込んでいる様子が容易に想像できたので、亮介は慌ててフォローを入れた。

「えっと、相談乗るだけなら電話とかでも大丈夫だと思うけどそれじゃだめか？　夜は暇だから電話越しなら付き合えるぞ」

「で、電話ですか」

「もちろん電話が嫌なら明日以降に回してもいいけど」

「いえむしろ逆というか……夜に友達と電話する、ってちょっと憧《あこが》れてたんです。何だかアニメみたいじゃないですか」

「そ、そうか？」

ともかく一転して明るい声色になったので亮介も一安心である。

それからも適当な雑談をしながら柔軟体操のメニューをいくつかこなしていった亮介た

ちだが、そこでマッチョ教師は手を叩《たた》いて全体に指示を出した。

「よし、それじゃあ交代するぞ！　役割を交代して同じメニューをやってくれ！」

亮介は立ち上がり、瑞穂が床に座る。

瑞穂は股《また》をぐいと広げると、後ろに立つ亮介の方に振り向いた。

「えっと、押していいですよ」

「ああ……うん、わかってる」

こくりと頷《うなず》いてみせた亮介だが、瑞穂の小さな背中を前にして強い逡巡《しゅんじゅん》を覚えていた。

それを言語化するように、口を開いてみる。

「その、よく考えたら桜宮の体にべたべた触ることになるし、けっこうまずくないか？

申し訳ないというかやめといた方がいいというか」

「いいですよ。わたし、その、気にしませんから」

「そう言われてもなあ……」

亮介としてはかなり抵抗があったのだが、当の瑞穂は気にしないと言っているのだ。

それに授業の一環だから、マッチョ教師がしっかりサボりを監視しているし。

ごくりと唾《つば》を飲み込み、覚悟を決める。

「よし……じゃあ、押すぞ」

「は、はい」

そうして背中に手を当てたのだが、そうするとブラジャーの紐《ひも》の部分を感じる。

そして両手越しに温かい体温が伝わってくる。男同士で組むときとは全く違う、柔らかい感触に亮介はドキドキしてしまった。

「えっと、もう少し強くしても大丈夫ですよ」

「お、おう。わかった」

「あっ……そ、それはちょっと強すぎます。い、痛いです」

「ごめんごめん」

何だかいかがわしいことをしているような、後ろめたい気持ちを抱いてしまう。

そして亮介からは見えなかったが、実は瑞穂も恥ずかしさで顔を真っ赤にしていた。

お互いに変な気分になってしまう、そんな体育の授業だった。

◯

「えっと、ここで待ってればいいんだよな……」

その日の放課後、亮介は莉子の家の最寄駅までやってきていた。

高校の最寄から電車でおよそ二十分。乗り換えがないので楽だった。

駅までは迎えに来てくれるという話だったので改札口を出たあたりで待っていると、テンションの高い女の子がやっほーと手を振りながら駆け寄ってきた。

「二日ぶりだねー、最上《もがみ》くん」

「え？　あ、香月《かづき》か」

「うん。莉子ちゃんに頼まれてボクが迎えに来たんだ！」

女子の制服を着た杏奈《あんな》は、男装したコスプレ姿とはずいぶん印象が違った。

何せミニスカートを穿《は》いているし、胸だってけっこう膨らんでいるのだ。短めに切られた髪や中性的な顔立ちも相まってボーイッシュと形容できるような顔立ちをしてはいるとはいえ、ぱっと見で普通に美少女と言える外見だ。

「あれ、でも香月は何でいるんだ？」

莉子の家まで歩く途中、素朴な疑問をぶつけてみると、杏奈はにっこり微笑んだ。

「練習台として手伝いに来たんだー。被写体がいなかったらどうにもならないでしょ」

「そうか。ありがとう……というか、何か悪いな」

「全然気にしないでいいよー。半分は莉子ちゃんの料理食べるのが目的だし」

「料理？」

杏奈はこくりと頷いた。

「莉子ちゃんのお父さんお母さん、仕事の都合で海外行ってるんだよねー。だから莉子ちゃんは一人暮らししてて自炊してるんだよ。それで遊びに行くといっつも美味《おい》しい料理作ってくれるんだー、今日も何か用意してくれてると思うよ！」

「えっ、そうなのか？」

「うん。莉子ちゃんは一人分作るのも二人分作るのも変わらないっていうんだけど、さすがに悪いから材料費はちゃんと払ってるよー。そこらのレストランで食べるより美味しいから楽しみなんだ！」

「そっか。俺の分があるかわからないけど、用意してくれてたら材料費払わないとな」

そんな話をしているうちに、杏奈は足を止めた。どうやら着いたらしい。

ある程度人通りの多かった駅前とは違って、閑静な住宅街だった。『桃山』という表札のある家の前で杏奈はピンポーンとインターホンを鳴らす。

少しして、扉が開き莉子が姿を現した。

「迎えに行ってくれてありがとう、杏奈。それで……いらっしゃい最上君」

「おう、お邪魔します」

「とりあえずあがってちょうだい。部屋に案内するわ」

言われるがままに靴を脱ぎ、付いていくと、莉子の自室に案内された。

綺麗《きれい》に片付いた部屋だった。几帳面《きちようめん》に掃除しているようで、ホコリ一つ落ちていない。カメラ関連の私物で溢《あふ》れているかと勝手に予想していたが、そんなこともなかった。部屋には可愛らしい動物のぬいぐるみがたくさん並んでおり、ベッドの掛け布団にはコミカルな調子で描かれたうさぎのイラストで彩られた布団カバーが掛けられている。

「何というか、可愛い部屋だな」

「なっ……！」

亮介が素直な感想を口にすると、莉子はかあっと顔を朱に染めた。

「へ、変なことを言わないでくれるかしら。次に人をバカにするようなことを言ったら一眼レフのこと教えてあげないから」

「い、いやバカにしてなんかないけど」

「いいえ顔に書いてあるわね。あたしにこんな部屋似合わないって」

「そんなこと思ってないから！　被害妄想だって！」

凜《りん》とした印象だった莉子とのギャップを感じたことは事実だけど、余計なことを言ったら火に油を注ぎそうだ。そう考えた亮介は黙っておくことにした。

しかしそこで、一連のやりとりを聞いていた杏奈は堪えられないといったふうに噴き出してしまった。

「……杏奈」

「ごめん莉子ちゃん！　ちょっと面白くてさー」

「はあ、まあいいわ。それより最上君は早くカメラを出しなさい、さっそく始めるわよ」

「お、おう！　ちょっと待ってくれ」

亮介は鞄《かばん》からケースを引っ張り出し、その中から買ったばかりの一眼レフを取り出す。

莉子も棚から自分のカメラを取り、手元へと持ってきた。そして座布団を二つ用意すると一つを自分の足元に、もう一つを亮介の前へと置き、座るよう促した。

「これからあなたには一眼レフの使い方とコスプレ撮影の技術を教えるわ。現時点だと操作方法もわからないと思うから、基礎の基礎から始めていくわよ」

「えっと、よろしくお願いします」

「だけどその前に、撮影技術以前の問題としてカメコとしての基本的なことを二つ言っておくわ」

「え？　そんなのあるのか」

尋ねてみると、莉子はびしっと人差し指を立ててみせた。

「まず一つ目は、原作にちゃんと触れること」

「原作……コスプレするキャラの出てくるアニメとかを見るってことだよな」

「もちろん必須《ひっす》ではないし、カメコでもレイヤーさんからイメージを共有してもらうだけで撮影する人はいるわ。でもこの前わかったと思うけど、原作を把握しておくと撮影はスムーズになるし何よりレイヤーさんのキャラに対する情熱が理解できるようになるのよ」

それは亮介としても納得のいく話だった。

考えてみると、瑞穂から原作を見てほしいと言われたことはない。撮影する際にも瑞穂が原作のシーンなんかを丁寧に説明してくれて、構図まで指定される形で撮っていた。亮介も原作を把握しておいた方がいいのは間違いないだろう。

「そして二つ目は、被写体をとにかく褒めてあげること」

「褒める？」

「そうよ。嘘を言う必要はないけれど、可愛いと思ったら可愛い、カッコいいって思ったらカッコいいって素直な気持ちを口にするの」

そういえば莉子が併せ撮影のとき、頻繁に褒め言葉を口にしていたのを思い出す。

「レイヤーさんは自分がどう写ってるかわからないから、何も言わないと不安になっちゃうのよ。最初にコスプレ姿を見るのはカメコであるあたしたちなんだからなるべく積極的に気持ちを伝えた方がいいとあたしは思ってるわ」

「なるほどな……」

「杏奈はどう？　レイヤーとしてどっちの方がやりやすいかしら」

「ボクはもちろん褒められた方が嬉《うれ》しいよー！　カッコいいキャラクターになりたいと思ってコスプレしてるからねー」

　ほらね、とばかりに目配せしてみせる莉子。

　亮介ははっとさせられる。瑞穂のコスプレ姿をとても可愛いと思っているのは間違いないが、今までそれを口で伝えようとはしていなかった。

　恥ずかしいというか照れくさいというか、そんな理由なのだが――撮影する立場であることを考えれば確かにちゃんと言ってあげた方がいいのかもしれない。

「でも、可愛い可愛い連呼してたら桜宮から気持ち悪いとか思われないかな」

　一応の危惧《きぐ》を口にするものの、二人は首を横に振る。

「女キャラのコスプレで可愛いって言われて気を悪くするレイヤーなんていないわよ」

「うんうん、ボクもそう思うよー。それにサクラちゃんはずいぶんと最上くんのこと気にいってるみたいだしね、可愛いって言ってあげたら絶対喜ぶと思うなー！」

「そんなもんか……ありがとう、次の撮影に活《い》かしてみるよ」

　莉子はこくりと頷き、笑みを浮かべた。

「そうするといいわ。それじゃあ今からは、カメラについての話をするわよ」

○

それから莉子による撮影技術の指導が始まった。

亮介は本当に何一つわかっていないので、日付の設定や記録画質の選択といった初期設定やカメラの正しい構え方など初歩的なことから教えてもらっていた。

杏奈は被写体としての出番が来るまで暇ということで、隣の部屋を使って衣装作りを行っている。莉子の家で衣装作りをすることは多いらしく、ミシンなどの器具もちゃんと用意があるのだという。

そして十分か二十分経つと、莉子の話は徐々に難しい内容へと進んでいった。

「写真の明るさのことを専門用語で露出っていうのだけれど、この露出を決める要素が絞り、シャッター速度、ＩＳＯ感度の三つなの。基本的な用語だから全部頭に叩《たた》き込んでほしいわ」

「お、おう」

「それぞれ説明していくわね。まず絞りはＦ値をいじることで調整できるもので、絞り穴を大きくしたり小さくしたりできるのよ。F値を小さくすると絞り穴は大きくなって、ピントの合う範囲が狭くなるって覚えてもらえばいいわ。そうするとぼけが大きくなるの」

「なるほど」

「逆にF値を大きくすると、ぼけが小さくなるってわけ。この二枚の写真はF値だけを変えて撮ったものなんだけどずいぶん印象が違うでしょう？」

そんなふうに莉子はどんどん説明していく。亮介は手元のノートにメモを取りながら話を聞いていた。実例として写真を見せてくれるのでわかりやすいのだが、いかんせん情報量が多くて頭がパンクしそうになる。

シャッター速度を調整すると動く被写体を止めたりぶれさせたりできる。ＩＳＯ感度はカメラが光を感じる度合いを指し、高感度であるほどシャッター速度も速くなる。低感度だと十分な光量がないと写真が暗くなってしまうが、一方で高感度にすると画質が悪くなってしまうので調整が必要である……

いっぺんにたくさんの情報が頭に入ってきたことで、亮介は混乱してしまっていた。

メモは取っているが、ちゃんと覚えられている気がしない。

「だめだ、頭パンクしそう」

「最初から全部意識しながら撮る必要はないわ。一つ一つ使いこなせるようにして、最終的な目標として上手な調整ができることを目指せばいいのよ」

莉子は優しい口調でそう言ってから、更に続ける。

「そもそも初心者ならオートモードを使えば楽はできるわ。カメラが勝手に調整してくれるから。でもそれじゃあ困る場面も多々あるから、早いうちに自分で調整できるように知識を身に着けた方がいいの」

「なるほどな」

「じゃあ、次にいきましょう。次はまた別の話に移るわ」


そうして三時間ほど経過した頃には、亮介は色々なことを学び吸収していた。

露出補正、ホワイトバランス、光の向きとその処理、レンズの種類と特徴……基本的なことを一通り教わってからは、杏奈をモデルとして人物写真、専門用語でいうポートレートの撮り方を学んでいた。

女子の撮影技術を学ぶのが目的なので、杏奈は男装コスではなく制服姿のままである。

「女の子を撮るときは人物を明るく、背景をぼかして優しい印象に仕上げてあげるのが基本よ。じゃあ復習だけど、どんな機能を使えばいいと思う？」

「えーと……プラスの露出補正をかけてあげればいいのか？」

「正解よ。他にフラッシュを焚《た》いたり、レフ板で光を当てたりするのも有効な方法ね。あとはさっき話した被写界深度の浅い望遠レンズを使えば背景は大きくぼかせるわ」

莉子はそこまで話すと、自分のカメラを手に持ってみせた。

「じゃあまずはそのことを意識して、撮ってみましょう」

「わかった」

「えっとボクはどうすればいいの？　立ってればいい？」

「そうね。杏奈は最高の笑みを浮かべてくれればいいわ」

「えー無茶なこと言うなあ……じゃあこんな感じ？」

杏奈は両手でピースサインを作り、にっこりと白い歯を見せた。亮介と莉子は被写体に向かってそれぞれカメラを構え、何枚か写真を撮る。撮った写真を莉子に見せてコメントを貰《もら》ったり、お手本として莉子の写真を見せてもらったりとやっていたのだが。

そんな中、ぐうとお腹の鳴る音が響いた。

「杏奈、お腹空《す》いたの？」

「ううっ……」

杏奈は恥ずかしそうに頬を赤らめ、お腹を押さえていた。

「は、恥ずかしいなあ……なんか」

「そういえば俺もはじめて桜宮の家に行ったとき同じことやったな」

「そうなの？　じゃあボクと仲間だねー仲間、よかったー！」

「確かにもうけっこう遅くなってたのね。七時を回ってるじゃない」

時計を確認し、亮介は驚いていた。集中していたので時間があっという間に過ぎていたのだった。

外を見てみるともう真っ暗になっている。

莉子はカメラを置き、大きく伸びをしてから、ふうと息を吐いた。

「今日はこのあたりにしておきましょう。あまり詰め込みすぎてもよくないものね」

「そうだな。あ、でも今まで学んだことだけじゃまだ全然不十分だよな」

「そうね。あと何回かは来てほしいかしら」

今日一日で一眼レフの扱い方がずいぶんわかるようになったという実感はあるものの、瑞穂のコスプレ姿を上手に撮れるという自信はまだなかった。莉子は少し考える素振りをみせてから、口を開いた。

「じゃあ、明日もまたやりましょう」

「いいのか？　二日連続で付き合ってもらっちゃって」

「あたしは構わないわよ。ただ杏奈の予定は合わないかもしれないけど」

「ううん、ボクも大丈夫！　いくらでも付き合うよ！」

「……ありがとう、二人とも」

亮介がぺこりと頭を下げると、莉子と杏奈は揃《そろ》って微笑んだ。

そして莉子は、立ち上がって台所の方へと向かう。

「じゃあ今から夜ご飯を用意してくるから、リビングルームで待っててくれるかしら」

「やったー！　莉子ちゃんのご飯！」

「俺もごちそうになっていいのか？」

「ええ。ちゃんと三人前用意してるから、むしろ食べて行ってもらわないと困るわ」


待つこと十分ほど。テーブルには美味《おい》しそうな料理が並んでいた。

莉子は自分も椅子に座ったのち、簡単に料理を紹介してくれる。

「これは牛肉の赤ワイン煮込みブルゴーニュ風っていう、フランス料理よ」

「フ、フランス料理って……めちゃくちゃお洒落《しゃれ》だな」

「実は手抜き料理なのよ。具材を突っ込んじゃえばあとは煮込むだけで、二時間くらい放置しておけば勝手に出来上がりってわけ。手間はカレーとかと同じようなものよ」

「へえ……でも家庭料理でこんなものが出てくるとは思わなかったよ」

亮介は思わず感心してしまう。料理上手といえば瑞穂もそうだが、瑞穂の場合は和食専門だ。作る料理にも性格が出るのかな、と少し思ってしまった。

皿から立ち上る湯気を見つめながら、フォークを手に取ってさっそく食べようとする亮介。しかし横を見てみると、莉子は食器の代わりにカメラを持って料理を撮影していた。

「あれ、何してるんだ？」

すると撮影中の莉子に代わり、杏奈が説明してくれる。

「莉子ちゃんは料理の写真をインスタにあげてるんだよー。ほらほら、これアカウント」

「うおっ、めっちゃフォロワーいるじゃん！」

瑞穂のアカウントほどではないが、フォロワーの数は五桁《けた》にのぼる。

投稿を見せてもらうと、確かに美味しそうな写真ばかりだった。料理の腕もすごくいいんだろうし、それを引き立てる写真の腕前も絶妙だ。見ているだけでお腹が空いてくるような写真の数々だった。

「桃山、こんなこともやってるんだな」

「ふふっ、これはコスプレを撮る前からやってるのよ。カメラを勉強してるとき、身近なものを撮ってみようと思って料理の写真を撮ってたのがきっかけね」

そう話す莉子は、良《い》い写真が撮れたようでカメラを置いて食器を手に握った。亮介もそれに合わせるようにして牛肉にフォークを当てたのだが、そうするとフォークがするりと入っていった。

食べてみると、肉がとろとろに柔らかくなっていてびっくりするほど美味しい。

「うわっ、すごいな」

「どう？　お口に合ったかしら？」

「めちゃくちゃ美味しいよ。香月がそこらのレストランより美味しいって言ってたけどその通りだなって思っちゃったくらいだ」

「そう。ありがとう」

淡泊な反応だが、口元が綻《ほころ》んでいたので喜んでくれたみたいだ。

それからは色々と喋《しゃべ》りながら、賑《にぎ》やかな夕食をとっていたのだが……そこで亮介は、ふと思ったことを尋ねてみた。

「そういえば、何で俺にここまでしてくれるんだ？」

「え？」

「正直、この前カメラを教えてくれって頼んだのはダメ元に近かったからさ。ここまで親切に教えてくれるとは思わなかったというか」

するると莉子は食器を動かす手を止め、答えてくれた。

「そうね……一つは桜宮さんのためかしら。あんなに素晴らしいコスプレイヤーなのに写真を撮る人間がからっきし、っていうのもかわいそうでしょ？」

「そ、そんな理由だったのかよ」

亮介は思わずずっこけそうになるが、それは半分冗談だったらしく、莉子はおかしそうに微笑んだ。そして、言った。

「もう一つは、あなたが必死だったからよ」

そう口にする莉子の表情は、今度はぎゅっと引き締められていた。

「どうしても撮影技術を身に着けたいって強い気持ちを感じたから、あたしも教えてあげようと思ったの」

「そ……そうなのか」

「ええ。それと、あなたがこれをきっかけにカメラにハマってくれればいいと思ったのも少しはあるわね。あたしの周りにカメラ好きの友達はいないから、あなたが第一号になってくれると嬉《うれ》しいのだけど」

そう言ってから相好を崩す莉子に、亮介は思わずぺこりと頭を下げていた。

「ありがとうな、桃山」

「これからは莉子でいいわよ」

「え？」

「仲のいい人はみんなそう呼んでくれるから、あなたもそうしてちょうだい」

亮介はちょっと面食らう。

莉子は自分のことを仲のいい人というカテゴリーに入れてくれたようだ。それは素直に嬉しく、亮介は笑みを浮かべていた。

「お、おう。わかった」

「じゃあボクのことも杏奈って呼んでー！　ボクは亮介くんって呼ぶから」

「了解。これからもよろしくな」

莉子と杏奈。二人と仲良くなった、そんな日だった。

○

そして自宅に帰ってきたのだが、まだ亮介の一日は終わらない。

昼に約束していた通り、電話で瑞穂のコスプレに関する相談に乗るのである。帰宅早々に自室のベッドで横になった亮介は、瑞穂に『用事終わったからいつ始めてもいいぞ』とメッセージを入れておいた。

すると既読はものの数秒でつき、『今電話しますね！』と返信があった。

（桜宮のやつ、もしかしてずっと連絡待ってたのか……？）

一瞬そんなことを考えてしまったが、さすがに自意識過剰だろうと思い直す。たまたま携帯を弄《いじ》っていて通知が来たから返信したとかそんなところだろう。

とにかく瑞穂から電話がかかってきたので、亮介は応答ボタンを押した。

ビデオ通話に設定されていたらしく、向こうの映像が画面に映る。

向こうが見えるということは、こちらも見られるということだ。だらしなく寝転がっていてはまずいと思った亮介は慌ててベッドから起き上がり、姿勢を正したのだが――

そこで改めて画面を見直して、亮介は凍り付いてしまう。

「……ええええええっ⁉」

見間違いでなければそこにはとんでもない光景が映っていた。

白い湯気で若干霞《かす》んでいるが、映っているのは生まれたままの姿を晒《さら》した瑞穂だった。

腰あたりまでお湯につかっているものの、上半身を遮るものは何もない。

明らかに見てはいけない光景に、亮介は咄嗟《とっさ》に携帯を放り出していた。ベッドの上に落ちた携帯からは瑞穂の声が聞こえてくる。

「あれ、最上くん？　聞こえてますか？」

呑気《のんき》なものだ。どうやら本人はまだ事態を把握していないらしい。

亮介は慌てて、少し離れた携帯に向かって大声を出した。

「桜宮！　えっと、その、ビデオ通話になってるから思いっきり見えちゃってるぞ！」

「えっ」

と、小さな悲鳴とともに通話の切れる音がした。ツーツーと鳴る無機質な機械音を聞きながら、亮介は心臓のバクバクが止まらなくなっていた。


十分後、再び電話がかかってきた。

またもやビデオ通話だったが、出てみるとさすがに同じ失敗を繰り返していることはなく、画面にはパジャマ姿になった瑞穂が映っていた。

「あ、あ、あの……」

しかし瑞穂は、今まで見たこともないほど真っ赤に顔を染め上げていた。

風呂上《ふろあ》がりで髪は濡《ぬ》れ、体は火照っているようだ。その影響もあってか瑞穂がとんでもなく色っぽく見えてしまい、先ほどの事故映像もフラッシュバックして亮介は再びドキドキさせられてしまう。

「わ、わたし、その、LINE の通話機能なんて使ったことなくて……だからその、間違えてしまいまして……」

　瑞穂は泣きそうな目で、俯《うつむ》きながらしどろもどろにそう言った。

「え、えっと、見ちゃいましたよね」

「いや、その……ほんの一瞬だけしか見てないから！　すぐにスマホぶん投げたし！」

「そ……そうでしたか」

　だが瑞穂はショックから立ち直れないようで、顔を両手で押さえたまま黙り込んでしまった。落ち度はないはずの亮介も後ろめたさから声をかけることができず、永遠とも思える数分が経ったのち、ようやく顔を上げた瑞穂はおもむろに口を開いた。

「えっと……な、なかったことにしていただけませんか」

「わ、わかった」

　こうなれば下手に蒸し返さない方がいいと考えた亮介は、別の話題にもっていこうと誘導する。

「そ、そうだ！　桜宮、何か相談したいことがあるんだったよな？」

「あ、はい。そうなんです」

「それで、相談って何なんだ？　コスプレの専門的な話なら絶対に桜宮の方が詳しいだろうし、俺じゃ力になれないと思うけど」

「いえ……そういう話ではないので、大丈夫です」

それから瑞穂が語った相談というのは、端的に言えば次にコスプレするキャラクターで迷っているから意見がほしいとのことだった。

今のところ四つの候補があり、その中のどれか一つの衣装を作りたいらしい。

「それで、俺はどういう観点から意見を言えばいいんだ？」

「えっと、最上くんが……一番可愛いと思うキャラクターを、教えてほしいです」

「なるほど。俺の意見を桜宮のファンのサンプルにするってことか？」

「い、いえ……そうではなく」

「いやだって、俺の個人的な好みを聞いたところで意味ないだろ？　俺に見せるためにコスプレするってわけじゃないんだし」

コスプレの目的は第一に自分が楽しむことであり、瑞穂のような人気コスプレイヤーならばファンを楽しませるという目的も入ってくるのだろう。少なくともその目的に自分に見せることは含まれない。

亮介はそう考え、自分なりに瑞穂の発言の意図を汲《く》んだつもりだったのだが——瑞穂は納得いかないとばかりに頬を膨らませていた。

「ま、まあそういうことでもいいですけど……」

「それで、さっそくキャラクターを見せてもらえるか？」

「あ、はい。まずは……これですね」

ビデオ通話の画面に、原作であるマンガやライトノベルのイラストを映してくれる瑞穂。

四人のキャラクターを順々に見たあと、亮介は少し考えてから感想を口にした。

「俺個人の好みだったら、三人目のキャラクターが一番可愛かったかな。外見だけでの判断になっちゃうけど」

「な……なるほど。最上くんはこういう女の子が好み、と」

「……何メモしてるんだ？」

「あ、い、いえ、何でもないです」

瑞穂は慌ててごまかすような仕草をとる。亮介は少しその所作が気になったものの、深く突っ込むことはしなかった。

その代わり、キャラクターに関することを尋ねていた。

「三人目の女の子って、どんなキャラなんだ？」

「えっと……『残念美人しかいないハーレムはいかがですか？』というアニメに出てくる、ベルス＝インテシオというキャラです」

可愛さ溢《あふ》れるキュートな顔立ちをした青髪の少女は、ベルスというらしい。

『ざーれむ』と略されるそのアニメはライトノベル原作のアニメで、ライトノベルで流行している異世界転生ものだという。しかし内容には捻《ひね》りがあり、異世界で成り上がってハーレムを築いた主人公は、ハーレムを構成する女の子たちがみんな「残念な女の子」であることに気づいてしまうという物語になっているとのことだ。

「ベルスの残念要素は、えっと、思ったことがぽろぽろ口から出てしまうところです。とんでもないことを口走ってしまうこともしばしばで……主人公からは幻滅されています」

「へー、そんなキャラなのか」

ともかく瑞穂は次にコスプレするキャラをベルスに決定した。一週間を目途に衣装を完成させるからまた撮ってほしいと言われ、亮介は快諾する。

それからは雑談をしていたのだが、ふと思い出したように瑞穂は聞いてきた。

「そういえば最上くん、今日は何してたんですか？」

「ん？　ああ、莉子の家に行ってたんだよ」

「えっ」

迂闊《うかつ》に答えてしまった亮介。その瞬間、瑞穂の表情が歪《ゆが》む。

「どうした？」

「そ、その……何をしに行ってたんですか？」

「何って言われても、普通に遊びに行っただけだよ」

カメラを習っていることは瑞穂に秘密にしていたいから、そうごまかすことにした。

それがあらぬ誤解につながってしまうなんて、亮介は知る由もない。

瑞穂がショックを受けて固まっていることに気づくことなく、亮介は話を続けてしまう。

「夜ご飯もごちそうしてもらったんだ。めちゃくちゃ美味《おい》しいんだよ」

「へ、へえ、そうなんですか」

「莉子のやつ、色々と器用なんだよな」

「り、莉子……」

見る見る青ざめていく瑞穂。亮介はそこでようやく異変に気付いた。

「あれ、どうした？　桜宮？」

「な……何でもないです」

「もしかして具合でも悪いのか？　何か体調悪そうだぞ」

「べ、別に大丈夫です……けど、あの、そろそろ電話お切りしてよろしいでしょうか」

「了解。けっこう長い時間喋《しゃべ》ってたもんな」

そうして通話を終了することになり、画面から瑞穂が消えた。

亮介はそのあと莉子に教わったことを明日までに復習しておこうと考え、鞄《かばん》から一眼レフを取り出してあれこれ弄《いじ》りはじめた。貸してもらった本を読みながらカメラと向き合っていると、いつの間にか夜更かししてしまっていたのだった。

○

それから一週間が経った。

莉子の家には計三回通った。莉子は徐々にレベルの高いことを教えてくれるようになり、三回目の最後にはひとまず基本的なことはマスターできているとお墨付きをくれた。

ようやく一眼レフが手になじんできた亮介は、教わった様々な技術を早くコスプレ撮影で使いたいとうずうずしていた。だから瑞穂から声がかかるのを待っていたのだが――

(……うーん、何か変なんだよな)

ここ最近、瑞穂はどうもよそよそしいのだ。

隣同士だから今までは休み時間なんかにもよく喋っていたのに、今日なんて机に突っ伏したままこちらに顔を向けようともしない。

「あのさ、桜宮」

「は……はい」

意を決して話しかけてみると、瑞穂はおずおずと顔を上げてこちらに視線を向ける。

「この前言ってた衣装ってどうなったんだ？」

「き、昨日完成しましたけど……」

「おっ、そうなのか！　それならさっそく撮影やらないか？」

カメラを使いたいという欲求から食い気味になる亮介。しかし瑞穂はその反応が予想外だとばかりに、目を真ん丸にしていた。

「え、えっと、撮影に付き合ってくれるんですか？」

「逆に何で付き合わないと思うんだよ。めっちゃ楽しみにしてたんだからな」

「そ……そうなんですか」

瑞穂は嬉《うれ》しそうに頰を緩ませると、それから遠慮ぎみに提案してきた。

「で、では、今日の放課後なんてどうでしょうか」

「了解！　特に予定もないし、俺は構わないぞ」

亮介は即答する。こんなこともあろうかと一眼レフを学校に持ってきていたため、準備はばっちりだった。

そうして六時間目が終わったあと、亮介は久しぶりに瑞穂の家へとやってきた。

瑞穂が着替える間はリビングルームの方で待たせてもらう。するとしばらくして、いつも通り別人のようになった瑞穂が姿を現した。

「お待たせしましたー、最上くんっ！」

「おおっ……本当にこの前見せてくれたキャラクターそのまんまだな」

腰付近まで伸びきった青髪。

白と青を基調とした、肩の露出している特徴的な服。

可愛さ溢れるキュートな顔立ち。

相変わらず目を見張るようなクオリティのコスプレをした瑞穂は、元気な声を出す。

「えっとわたしの部屋に背景布用意してあるので、部屋で撮影しましょう！」

亮介は促されるままに瑞穂の部屋へと移動した。

そして撮影の準備として、亮介は持ってきた一眼レフではなく今までどおりスマートフォンを取り出していた。一眼レフとの違いを実感するためにも両方で撮ってみろと莉子からアドバイスを受けていたのでそれに従ったのだ。

さっそく、瑞穂の指定する構図で写真を撮り始めたのだが――

「あの、最上くんってやっぱりおっぱい大きい女の子の方が好きなんですかっ⁉」

「……はい？」

スマートフォンを向けていると瑞穂が突然とんでもないことを言い出したので、亮介は思わず手元を滑らせてしまいそうになった。

「えっと、何言ってるんだ桜宮？」

「わ、わたしだってわかってるんです！　桃山さんはすごく美人で大人の魅力がありますし、スタイルも抜群ですし……わたしなんかよりもずっと魅力的な女の子ですよねっ！」

「待て待て、さっきから何の話してるんだよ⁉」

状況が全く呑み込めない亮介は思わずそう叫んでいたが、瑞穂は更に続けた。

「だってここ最近、毎日のように桃山さんの家に行ってるんですよね！」

「え？　毎日とまではいかないけど、まあ二日に一回くらいは」

「もしかして……もう、付き合ってたりするんですか？」

「いや何でそうなるんだよ！」

とんでもない論理の飛躍に勢いよく突っ込んでしまった亮介だが、瑞穂の方を見てみると予想外に神妙な表情を浮かべていた。からかっていたわけではないらしい。

「……もしお二人がお付き合いしてるなら、わたしは邪魔者になっちゃうんじゃないかなと思ったんです」

瑞穂は続けてそう口にした。

亮介はそこでようやく、被写体となった瑞穂がキャラに「なる」ということを思い出していた。瑞穂が今コスプレしているのがベルス＝インテシオという、思ったことをぽろぽろと口にしてしまう残念美人なキャラであることも頭をよぎる。

（ということは、これは桜宮が今まで隠してた本音ってことか？）

とりあえずひどい誤解をされていたことはわかったので、亮介はそれを否定するべくおもむろに口を開いた。

「あのなあ、莉子とは断じてそういう関係じゃないからな」

「だ、だって……下の名前で呼んでるじゃないですか！　莉子って！」

「いやそれは莉子がそうしてくれって言うから。それに杏奈も下の名前で呼んでるし」

「じゃあわたしもお願いしたら瑞穂って下の名前で呼んでくれるんですかっ？」

「別にいいけど。でも桜宮は下の名前で呼んでほしいって思うのか？」

質問を質問で返すと、それまで勢いよく突っかかってきていた瑞穂は一転して硬直してしまった。

俯《うつむ》いて顔を火照らせた瑞穂は、少しの間もごもごしていたが、やがて消え入りそうな小さな声でぽつりと呟《つぶや》くように言った。

「………呼んで、ほしいですっ」

その言い方がとてつもなく可愛くて、亮介は思わずどきりとしてしまう。

少しの間フリーズしていた亮介だが、一度息をついてから口を開いた。

「わ、わかったよ。瑞穂」

瑞穂はそれを聞くと、びくんと体を震わせた。

（うわっ……何か、めちゃくちゃ恥ずかしいぞ）

莉子や杏奈のときには感じなかった気恥ずかしさに襲われてしまい、亮介は思わず目を逸《そ》らしてしまっていた。

「じゃ、じゃあ……わたしも、亮介くんと呼んでいいですか？」

「あ、ああ」

瑞穂にも名前で呼ばれ、胸の高鳴りは倍増する。呼び方というのは不思議なもので、下の名前で呼びあうだけで今までよりもぐっと距離が縮まったような気がした。

瑞穂も満足げだし、これにて一件落着かと思ったが――

「それはそれとして、桃山さんとはほんとに付き合ってないんですかっ？」

瑞穂はさっきの話を忘れていなかったらしく、ちゃんと蒸し返してきた。

「いや、何でそうなる。今呼び方に関する誤解を解消しただろ」

「でもこの一週間、しょっちゅう家に遊びに行ってたんですよねっ！」

「ま、まあ……三回ほど行ったけど。でも、家に行くのが付き合ってる扱いになるんだったら今の俺たちはどうなるんだよ」

「あっ」

亮介がそう指摘してやると、瑞穂は虚を衝《つ》かれたとばかりにぽかんと口を開けた。

「で、でもっ」

「……というか弁明させてくれ、瑞穂。こんな誤解を招くことになったのは、莉子の家に行く目的を俺が隠してたからなんだよ」

「え？　目的、ですか？」

「ああ。実は、これを習ってたんだ」

そう言ってから亮介は、鞄の中から一眼レフを取り出してみせた。

瑞穂に対しては初めてのお披露目《ひろめ》となる。瑞穂は驚いたように亮介の方に目を向けた。

「カ、カメラ……ですか？」

「ああ。この前の併せで莉子のすごい撮影技術を見たから、俺もあんなふうに上手《うま》く撮りたいなと思って……一眼レフを買って、莉子に色々と撮影技術を教えてもらってたんだ」

「えええええっ⁉　そうだったんですか⁉」

全く知らなかった、といわんばかりに瑞穂は大きな声を出した。その反応はまさに亮介が期待していたもので、喜んでもらえたかと思ったのだが——

「すみませんすみません！　あのっ、カメラの代金はわたしがお支払いしますからっ！」

次に瑞穂の口から飛び出したのは、そんな言葉だった。

予想外の反応に、亮介は戸惑ってしまう。

「俺が買いたいと思って買ったんだから、金なんていいって」

「で、でもっ！」

「というか瑞穂、何でそんなに怯《おび》えてるんだ？」

「……それは」

瑞穂は肩を小さく震わせて、蛇に睨《にら》まれた蛙《かえる》のようになっていた。明らかに不自然な様子にツッコミを入れると、瑞穂はおずおずと口を開いた。

「その、本当にすみません。撮影に付き合ってもらってるうえに、こんなに高い買い物までさせてしまって……あの、わたしとの撮影が負担になってませんか？」

「何だよそれ。むしろ楽しみにしてたくらいだっての」

「そ、それならいいんですが……」

瑞穂は何か言いたそうだったが、そのまま口を閉じた。

気を取り直して撮影に入る。前回と同じく、瑞穂による構図イメージの説明を受けてその写真を撮っていくという形式だ。

「主人公が帰ってくるのを待って夕暮れに窓際に座ってる、っていうシーンが撮りたいので……えっと、こちらから撮ってもらっていいでしょうか？」

「了解。ちょっと待ってくれ」

窓のそばに机を寄せ、瑞穂はその上にちょこんと座った。

この部屋の光源は夕暮れとは程遠いため、ホワイトバランスを日陰（七五〇〇ｋ）に設定して赤みを足してみる。立体感を出すために莉子から借りてきたストロボを使い、更に露出補正の調整も行う。昨日まで勉強してきたことを活《い》かし、亮介はシャッターを切った。

「どうですかー？　うまく撮れてます？」

「うん、完璧《かんぺき》だ。めちゃくちゃ可愛いぞ瑞穂」

「うひゃっ!?」

そして被写体をとにかく褒める、という莉子からのアドバイスも忘れずに。

撮った写真を確認してみたが、亮介としてはなかなかいい写真が撮れていると思う。

ただ瑞穂の思い描いているイメージと一致しているかはわからないので、確認してみることにした。

「ちょっと見てくれないか？　こんな感じでいいかどうか」

「はいはい、了解です！」

「えっとこれなんだけど……」

亮介がカメラを手渡すと、瑞穂はじっと画面に表示された写真に見入った。

そのまま何も言葉を発さないまま数秒が経つ。

（あれ、もしかして納得してもらえてないのか……？）

何かミスをしてしまっただろうかと亮介が不安になっていたところで、瑞穂は視線を画面から亮介の方へと動かし、きらきらした目で言った。

「すっっごくいいですっ!!」

「ほ、ほんとか？」

「はい！　本当にわたしがイメージしてた通りの写真です！　すごいです亮介くん！」

「あ、ああ……ありがとう」

ベタ褒めされてしまい、亮介は照れてしまった。瑞穂がお世辞で言ってくれたわけではないというのはその嬉《うれ》しそうな様子を見ればわかったし、撮った写真を喜ばれるというのは何とも気分のいいものだった。

さっきカメラを見せたときの反応が微妙だったから、失敗だったかとも思ったけど、これだけ喜んでくれるなら撮影技術を勉強した甲斐《かい》があった。瑞穂の笑顔を見ながら亮介はそんなふうに感じていた。

「じゃあ次いってもいいですか？」

「おう。どんなシーンが撮りたいんだ？」

それからもイメージの共有を大切にするため、亮介は適宜撮った写真を見せて確認していった。そんなふうにして撮影は続いていたのだが――

「オッケーですか？」

「うん。すっごく可愛く撮れてる」

何度も繰り返したやり取りに、とうとう我慢の限界とばかりに瑞穂は声をあげた。

「あの、亮介くんっ！」

「ん？　どうかしたか瑞穂？」

「な……何でそんなに、可愛い可愛い言うんですか……？」

瑞穂は耳まで真っ赤にして、恥ずかしそうな表情を浮かべている。

亮介はやらかしたと思って慌てて謝罪の言葉を口にした。

「ご、ごめん。気分を害したなら謝るよ」

「ちちちがいます！　そうじゃなくて、どうしてなのかなって気になっただけで！」

「実は莉子からアドバイスされたんだ。撮影してるときはコスプレイヤーのモチベーションのためにもなるべくたくさん褒めてあげた方がいいって」

「……へ？」

するとと瑞穂はさっきまでとは一転、拍子抜けしたような間の抜けた顔になった。

ぱちりと一度瞬《まばた》きして、それからふうと息を吐いた。

「そうだったんですね。それじゃあ社交辞令として言ってくれてたってことですか」

「いや可愛いと思ってるのは本当だけど」

「えっ」

「でも不快だと思うならやめるよ、悪かった」

「や、やめなくていいです！　むしろ嬉しいっていうか……そんな感じなのでっ！」

「そ、そうなのか？」

——そんな一幕もあったものの。

とにかく、一眼レフを使ったはじめてのコスプレ撮影は、大成功に終わったのだった。

第五章　生誕祭と瑞穂の秘密

#SNS　#Superpopularity　#Cosplayer
#Classroom　#Shyness　#Unpainted face　#Cute

四時間目の授業中。

亮介《りょうすけ》が隣を見てみると、瑞穂《みずほ》は珍しく机に突っ伏していた。

「すう、すう……」

そんなふうに小さく寝息を立てながら、無防備な寝顔を亮介の方に向けて気持ちよさそうに眠っている。見ていて癒《いや》される可愛い姿なのだが、教壇に立っているのが私語や居眠りに厳しい三田《みた》先生だったのが運の尽きだった。

気難しい顔で黒板にチョークを打ち付けていた三田先生は、瑞穂のことを見つけると手を止めて隣の席に座っている亮介へと言葉をかけた。

「おい最上《もがみ》、桜宮《さくらみや》のこと起こしてやれ」

「あっはい」

言われるがままに肩をちょんちょんと突《つ》いてやると、瑞穂は瞼《まぶた》を開いた。うーんと気だるげな声を出してから亮介の方を見た瑞穂は、まだ頭が回っていないのか不思議そうに首を傾げている。

「亮介、くん？」

「えーと、先生に居眠り見つかったぞ。瑞穂」

「えっ」

亮介がそう教えたところ、瑞穂は慌てたようにくるくるとあたりを見回した。そして先生とばっちり目が合ってしまう。

三田先生は不機嫌そうに口を開いた。

「桜宮、眠気覚ましにこの問題でも解いてみろ。ほら前に出てこい」

「（こくこく）」

しかし瑞穂は寝ていたわけなので、当然問題は解いていない。

ノートも真っ白である。

困り顔の瑞穂を助けるため、亮介は先生の目を盗んで自分のノートと瑞穂のノートをさっと入れ替えた。そして周りには聞こえない小声で瑞穂に囁《ささや》く。

「俺、その問題解いてるから。使ってくれ」

「あ……ありがとう、ございます」

瑞穂はノートを持って前に出ると黒板に数式を写した。仏頂面で腕組みをしていた三田先生は、それを見ると一転して感心したような顔になり、瑞穂が最後の式を書き終えたところでこくりと頷《うなず》いた。

「何だ解けてるじゃないか。暇すぎて寝てたのか？」

「（ぶんぶんぶんぶん）」

「ま、普段の授業態度はいいし今日は大目に見といてやる。次から気をつけるように」

そうして何とか事なきを得た瑞穂だった。


「た、助かりました亮介くん」

そのあとの昼休み、瑞穂は笑顔でそうお礼を言ってくれた。

亮介たちは最近一緒にお昼を食べることが多く、今日も自分たちの席で話しながら昼休みの時間を過ごしていた。

ちなみに瑞穂が食べているのは手作り弁当、亮介が食べているのは購買で買ってきた総菜パンである。

「別にあれくらいいいよ。でも珍しいよな、瑞穂が授業中に寝てるなんて」

「は、はい……実は新しい衣装を作るのに時間がかかっていて、睡眠不足なんです」

「へー、そうだったのか」

新しい衣装というのに興味を惹《ひ》かれた亮介は、詳しく聞いてみた。

「今度は何の衣装を作ってるんだ？」

「こ、これです……まだ未完成ですけど」

「おおっ！　今回はいつもに増して凝ってるな」

「（こくこく）」

瑞穂が見せてくれた写真には、作りかけの煌《きら》びやかな衣装が写っている。

咲き誇る桜の花びらを思わせる、ピンクと白の二色で作られたひらひらのスカート。トップスも同じくピンク色を基調としているが、他にもいくつかの色が紋様として刻み込まれていた。

普段から高いクオリティの衣装を作っている瑞穂だけど、今回はいつにも増して力が入っているようだ。とても手間がかかっているのだろうと一目でわかる代物だった。

「え、えっと……これは『戦乙女まじかる☆くろーばー』の主人公、夏野三葉《なつのみつは》というキャラの衣装なんですけど、わたしにとってすごく思い入れのあるキャラでして」

「そうなのか」

「は……はい。中学の頃に嫌なことがあって落ち込んでいたときに、元気をくれたアニメなんです。三葉は大好きなキャラで、誕生日が同じなので親近感もあって……最初にコスプレしたのもこのキャラなんですけど、あのときは下手だったので新しく作り直してるんですよ。最高の写真が、撮りたくて」

いつも通りの小さな声ではあるものの、瑞穂はずいぶんと饒舌《じょうぜつ》に語る。

よっぽど好きなんだろう、と亮介は思ってしまった。

「思い入れがあるのはすごく伝わってきたけど、睡眠時間を削るのはよくないぞ。急ぐわけじゃないだろ？」

「あ、いえ……」

「ん？　何か期限でもあるのか？」

「実は……生誕祭までに、間に合わせたいんです」

「生誕祭って姉さんが言ってるの聞いたことあるな。アニメキャラの誕生日を祝うときに使う言葉だっけ」

「（こくこく）」

夏帆《かほ》は生誕祭にあわせて推しキャラの記念イラストを描いていたが、コスプレでも同じような発想があるらしい。瑞穂は三葉の誕生日である十月一日にあわせてコスプレ写真を投稿したいのだという。

当日まであと一週間ほどしかないことを考えれば、確かにあまり余裕はないかもしれない。

だがそれにしても、睡眠時間を削ってまでやるというのはよっぽどの本気度だ。

(俺も、やれることはやらないとな)

瑞穂が口にした『最高の写真』を撮るためには、カメラマンである亮介の手腕も当然問われる。今の段階では莉子《りこ》のように巧みに撮ることはできないが、それでも原作アニメの視聴や撮影イメージの組み立てといった準備をできるかぎりしておきたい。

亮介は、そんなふうに考えていたのだった。

◯

その日の帰り道、一人で歩いていた亮介はトントンと後ろから肩を叩《たた》かれた。

「亮介じゃーん！　今帰り？」

「……姉さん」

振り返ると、そこに立っていたのは夏帆である。

ちょうど大学から帰ってくるところだったらしい。十八禁に塗《まみ》れた私室とは違ってちゃんとお洒落《しゃれ》な私服を着ており、普通にセンスの良い女子大生のようにみえてしまう。

そんな夏帆はひょいと肩にかけていたショルダーバッグを下ろし、亮介に渡してきた。

「いやラッキー、こうやって荷物預けられるもんね」

「何で俺が当然のように荷物持ちになってるんだよ」

「おねがーい、あたしペンより重いもの持てないからさー」

「さっきまで持ってただろってツッコむのもめんどくさいな……もういいよ、俺が持てばいいんだろ」

するとと夏帆はありがとーと軽い調子でピースサインを作る。そうして二人並んで帰ることになったのだが、そこで亮介は思い出したように昼のことを尋ねてみた。

「ところで姉さん、『戦乙女まじかる☆くろーばー』ってアニメ知ってる？」

「え？　もちろん知ってるけど、亮介もしかして興味あるのー？」

「いや、瑞穂が今度コスプレするのがそのアニメの夏野三葉ってキャラらしいからさ。アニメを見て予習しておこうかと思ってるんだ」

「ふんふん、なるほどねー。それにしても……」

夏帆はにんまりと笑みを浮かべ、からかうように亮介の脇腹を突っついてきた。

「いつの間に、あの子のこと下の名前で呼ぶようになったの？」

「ふふっ、いいねー青春してるねー！　実はもう付き合ってるとかー？」

「え？　それは何というか……」

「いや全然そういうのじゃないから！　勘違いするなって！」

コスプレイヤーとカメラマンというだけの淡泊な関係でないことは、併せや前回の撮影で瑞穂の方から口にしてくれた。とはいえ、男女の仲かと聞かれればそれもまた違う。

だから亮介が瑞穂に対してどういう感情を持っているかは別として、今の二人の関係性を一言で表すなら友達がぴったりだろう。

とりあえずこほんと咳払《せきばら》いをした亮介は、無理やり話を元に戻そうとした。

「それより、アニメのことを教えてほしいんだけど」

「うんいいよー。『戦乙女まじかる☆くろーばー』は通称『まじくろ』っていうんだけど、今ちょうど三期をやってるマンガ原作の覇権アニメだねー。現代日本を舞台として魔法を使える特殊な血族、戦乙女たちが戦う物語ってのが一番わかりやすい説明かな」

そう言ってから夏帆は、ぐいと大きな胸を張ってみせた。

「そして何を隠そーう、今あたしが描いてる同人誌の題材なのであーる！」

「その情報は全くいらなかったな……」

「今めちゃくちゃ盛り上がってる大人気アニメだから、今度オンリーイベントがあるんだよー。公式が色々と美味《おい》しいネタを提供してくれるからめちゃくちゃ捗《はかど》るっていうか、二次創作にやりがいがある作品でさー」

「一応聞くけどそれは十八禁？」

「もっちろん！　逆にあたしがそれ以外描くと思った？」

「はあ……まあ知ってたけどさ」

亮介はコメントする気にもなれず黙っていたが、ちょうどそこで家に着いた。

ポケットから財布を取り出した亮介が鍵《かぎ》を開け、玄関まで上がったところで、夏帆は尋ねてきた。

「そうだ、予習するってことは『まじくろ』観たいってことだよねー？」

「え？　まあそうだけど」

「それならあたしの部屋に来な。原作マンガは二十三巻全部揃《そろ》ってるから」

「ま、まじで⁉」

思わぬ申し出に亮介はびっくりしてしまう。

そのまま夏帆の部屋に行くと、そこはとんでもなく散らかっていた。脱いだまま放置された服、空のペットボトル、お菓子の袋、マンガの単行本、大学の講義レジュメ……色々なものが散乱して俗にいうゴミ屋敷寸前の状態になっていた。この前来たときはまずまず綺麗《きれい》にしてあったのに、ひどい有様だ。

夏帆は器用に足元の障害物を避《よ》けて本棚まで行くと、単行本を両手で抱えて亮介の前に持ってきた。

「はい、とりあえずこれが十巻まで。いっぺんに運べないからまずはこれ持ってって！」

「い、いいの？」

「それとアニメの方なんだけど、あたしの登録してるサブスクで全話観られるから。パスワード教えてあげるよ」

「おおっ、至れり尽くせりだ」

夏帆の申し出に、亮介は思わず感動してしまっていた。

カメラ代をバイト代の前払いという形で融通してくれたこの前の一件から、夏帆には助けてもらってばかりだ。

（色々と振り回されはするけど……でも姉さんって、いい人なんだよな）

亮介が心の中でそんなことを思っているとそこで夏帆は指を突き立てた。

「その代わり」

そしていたずらっぽい笑みを浮かべ、一つ条件を出してくる。

「この部屋の掃除、手伝ってくれない？」

「……そうきたか」

「いやーどうにも散らかっちゃって、一人じゃ掃除やる気出ないんだよねー」

「まあ、マンガとアニメ融通してくれるなら全然いいけど。手伝うよ」

「オッケー、交渉成立だねー」

夏帆は右手でグッドマークを作り、白い歯を見せた。


掃除が終わったのは夕方だった。

やるからにはとことんやろうということで、亮介は部屋を片付けたあとに掃除機、雑巾《ぞうきん》がけ、ホコリ取りと一通りの作業を行った。おかげで夏帆の部屋はモデルルームのようにピカピカになっていた。

そして夕食を食べたあと、亮介は自室で『まじくろ』のマンガを読み始めたのだが——

一巻を読み終えたあと、軽く衝撃を受けてしまっていた。

「何だこれ……めちゃくちゃ面白いな」

普段あまりマンガを読まない亮介だが、ページを捲《めく》る手が止まらなくなるほど面白い。

物語は現代日本で普通の女子高生として暮らしている夏野三葉が、戦乙女の絡む事件に巻き込まれるところから始まる。そうして自分も戦乙女としての資質を持っていることを知り、戦いに向かっていくことになる。

和やかな日常シーンと派手な戦闘シーンのギャップが激しく、壮大かつ緻密《ちみつ》なストーリー展開に飲まれていく。

そして三葉の心情の揺れが丁寧に描写されており、三葉というキャラの魅力にどんどん引き込まれてしまった。

次の巻、次の巻、また次の巻——

亮介は、時間を忘れて読みふけっていた。

そして最新刊である二十三巻の、最後の一ページを読み終わると、亮介は充実感とともに大きく伸びをした。

「……よかった」

携帯で時刻を確認してみると、恐るべきことに深夜の三時だった。普段ならとっくに寝ているような時間帯だ。

慌てて寝支度をするため洗面台に向かった亮介だが、まだ読後の余韻が残っていた。

（こんなどっぷりマンガにハマるなんてな……）

姉の夏帆がオタク趣味に没頭してダメ人間と化していくのを目の当たりにしていたせいで、亮介はアニメやマンガといったものを無意識的に遠ざけていた。だから瑞穂と出会わなければこのマンガを手に取る機会もなかっただろう。

カメラだってそうだ。六万円もする一眼レフを購入して撮影技術を勉強しようなんて、一か月前の亮介には考えられないことである。無趣味を売りにしてだらだらと怠惰な夏休みを過ごしていたことを思えば、驚くべき変化だ。

瑞穂と出会ってから、どんどん新しい世界が広がっていくみたいだ――亮介はそんなことを感じながら、遅い眠りにつくのだった。

○

土日を挟み、やってきた週明けの月曜日。

休みの日はフルに時間を使えるので、亮介は夏帆からパスワードを教えてもらった動画配信サービスを活用して一日中『まじくろ』のアニメを観ていた。

一期と二期は十二話ずつ、三期はリアルタイムで放送中なので最新話の十話まで。合計で三十四話という量だが二日間で楽々完走することができた。ストーリー自体はマンガと同じではあるものの、キャラが動くというだけで面白いし、オープニングやエンディングの曲、マンガとは異なる演出等のおかげで飽きずに最後まで楽しめた。

そして観たあとはノートを取り出し、撮ってみたい構図を自分なりにまとめてみた。

撮影のイメージも頭の中で固め、いつ瑞穂から声がかかっても問題ないという万全の状態で登校すると、瑞穂が声をかけてきた。

「あ、あの亮介くん」

「どうした？」

「衣装……完成したので、よろしければ今日撮影しませんか？」

「了解！　そう言われるかもと思って、一応カメラも持ってきておいたんだ」

亮介が食い気味にそう返事をすると、瑞穂は嬉《うれ》しそうに微笑んだ。

そんなわけで放課後、亮介は瑞穂の家へとやってくる。コスプレをすませて出てきた瑞穂を見て、亮介は今までとは全く違う感慨を覚えていた。

「おおーっ！　み、三葉ちゃんだ……！」

「どうしたんですか？」

「い、いやごめん何でもない」

ここ数日ずっとアニメやマンガといった二次元で見てきた夏野三葉というキャラが、三次元に現れたのだ──一瞬、そんなふうに錯覚してしまうほど瑞穂のコスプレの完成度は高かった。

だから亮介は、瑞穂に不審がられるほど大きな声を出してしまったのである。

今まで撮影に付き合っていたときは、原作に触れていなかったため単純に可愛い、恰好いいといった感想しか出てこなかった。

だが今回は原作にどっぷりハマっていたため、より深い部分で感動することができた。

（ああそうか……これがコスプレの本当の魅力なんだな）

撮影に付き合うようになって一か月弱が経つが、今までは何もわかっていなかったのだと思わされてしまう。

瑞穂のコスプレがたくさんの人から支持を集めている理由。

瑞穂が夏コミであれだけの囲みを集められた理由。

それを真に理解するためには、原作に触れなければいけなかったのだ。

「えっと、どうしました亮介くん？　撮影始めても大丈夫でしょうか？」

「あ……ごめん、ちょっと見とれてて。三葉にそっくりで驚いたよ」

「それは嬉しいですっ！　今回はメイクをかなり研究してアイシャドウの塗り方とかハイライトの入れ方にもこだわってみたんですよ！」

「そうだったのか」

それにしても目の前に本物の三葉が立っているようで、テンションが上がってくる。

コスプレ姿の瑞穂は例のごとく明るく元気な様子だった。亮介は一眼レフを取り出して準備を始めた。

そうして撮影に入るのだが——今日は、亮介の方も一味違う。

「では最初は、三葉が初めて戦乙女の姿になって戸惑いを隠せないというシーンを撮りたいので、この角度から撮ってもらっていいでしょうか」

「了解。二話のあのシーンだよな、マンガだと一巻の最終話か」

「えっ？」

「夜のシーンだったから窓からの光使って、露出補正をマイナスに調整すればいいかな。そしたらこの角度よりも立ち位置を変えた方がいいんじゃないか？」

「ちょ、ちょっと待ってくださいっ！」

亮介が写真の撮り方を考えていると、慌てた様子の瑞穂から待ったがかかった。瑞穂は状況が理解できないとばかりに首を捻《ひね》り、それから尋ねてきた。

「亮介くん、どうして原作のシーンがわかるんですか？」

「この前衣装見せてもらったあと、『まじくろ』の原作に触れてみたんだよ。一応マンガは全巻読んだしアニメも三期の最新話まで観たから、だいたい頭に入ってるぞ」

「えええええっ!?　う、嘘ですよね!?」

　すると瑞穂は目を真ん丸にして仰天する。

「衣装見せた日って三日前ですよっ！　それからマンガ全巻読んで、アニメも全話観たんですか？」

「土日あったしな。それにめっちゃ面白かったから」

「で、でも……それじゃあここ数日はほとんど全ての時間を費やしたんじゃ……」

「瑞穂だって睡眠時間削って衣装作ってたんだろ？　原作把握しといた方が撮影がスムーズにいくって莉子からも言われたし、俺だって自分にできる準備をしといただけだよ」

「そう、ですか……」

　呟《つぶや》くようにそう言う瑞穂は、この前も見せた怯《おび》えたような表情を浮かべていた。

　いったい何を怖がっているのだろう。

　瑞穂はそれから恐縮しきった様子で、おずおずと尋ねてきた。

「あの、本当に負担になってないですか？」

「この前も聞かれたけど撮影技術を勉強するのも原作に触れるのも俺がやりたくてやってるだけだからな。それに負担どころかめっちゃ楽しんでるし……というか、瑞穂は何がそんなに引っ掛かってるんだよ」

「その……わたしの撮影に付き合うことが、迷惑になってるんじゃないかと思いまして」

「迷惑？　そんなわけないだろ、むしろ逆だって」

亮介は心底意味がわからないとばかりに首を傾げた。

するると瑞穂は少し安心したように、ほっと息をついた。

「すみません。中学の頃似たような失敗をしたことがあって、ちょっと怖かったんです」

「……まあ、よくわからないけど撮影しよう。俺もはやく撮りたいし」

「は、はいっ！」

様子のおかしかった瑞穂だが、にっこりと笑みを浮かべるとそれからはいつも通りの姿に戻った。


さてそんなふうにして始まった今日の撮影だが、今までで断トツに面白かった。

原作を把握しているおかげで、瑞穂のポーズ一つ一つが原作のシーンをリスペクトして全く同じ動きを再現しているということがよくわかるのだ。そして撮りたい写真のイメージも、お互いの会話の中で簡単に共有することができる。

そして話しているうちに、『戦乙女まじかる☆くろーばー』という作品の魅力自体を語り合うというようなこともやっていた。

いわゆるオタトークというやつかもしれないが、このシーンは好きだったとか感動したとかそういう話をしながら楽しい雰囲気で撮影できるのはすごく面白かった。

「次は黒薔薇《くろばら》協会の本丸に乗り込むシーンを撮りたいです！」

「了解。ちょっとカメラの調整するから待ってくれ……よし、オッケー」

「武器、このくらいの角度でいいでしょうか」

「もうちょっと立ててなかったか？」

「ちょっと原作確認してみます。えっと、確か十二巻でしたよね……」

そんなふうに撮影は進み、気づけば夕方になっていた。

まだ瑞穂の撮りたいシーン全てが終わったわけではないが、そろそろ両親が帰ってくるということで瑞穂は背景布の前から離れ、にっこりと笑った。

「そろそろ終わりにしましょうか、亮介くん」

「え？　ああそうだな」

片付けや着替えに入る前に、座り込んで少し休憩する二人。りんごジュースをストローでちゅーちゅーと可愛く吸っている瑞穂を眺めていた亮介は、そこで気になっていたことを尋ねてみた。

「そういえば瑞穂、今日は被写体になってるときも全然変わらなかったな」

「へ？」

「ほら……今まで、涼香《すずか》とかベルスのコスプレしてるときは、キャラの人格に引っ張られて普段とはだいぶ様子が変わってただろ」

「あ、はいっ！　そうですね！」

亮介の言いたいことが伝わったようで、瑞穂はこくりと大きく首肯した。

憑依《ひょうい》コスプレイヤーとも呼ばれる、レイヤーとしての瑞穂の大きな特徴である。

被写体になると外見だけでなく内面までキャラに「なる」と表現できるような見事なコスプレを披露する瑞穂だが、今日はそんな変化が見られなかった。

その理由は、本人の口から語られた。

「実はわたし、三葉と自分の性格がちょっと似てるなあと思ってるんです」

「似てる？」

「も、もちろん三葉はわたしなんかよりずっとずっと魅力的な女の子ですけど……それでも考え方とか行動に共感できるところがすごく多くて、自分と重ね合わせながら原作を読んでいたんです」

「そうだったのか」

「だから……何というか、すごく自然にキャラの中に入っていけるんですよっ！」

感覚的な話ではあったが、それを聞いて亮介は理解することができた。瑞穂が三葉のコスプレを特別なものだと言っていたのも、頷《うなず》けた。

他のキャラのコスプレを「自分とは違う女の子に変身する」とでも形容するならば、瑞穂にとって三葉のコスプレをすることは「もう一人の自分を引っ張り出す」ような意味を持っているのだろう。

人見知りで内気な性格に覆われた、明るく活発な姿。コスプレをすることで現れるその一面は、瑞穂のもう一つの素顔なのだ。

そしてその素顔と、三葉というキャラはすごく似ているということ。

だからこそ今日の瑞穂は被写体になっても変化がないのに、それでいて三葉というキャラのイメージにぴったり合致していたというわけだ。

「あっ、えっと亮介くん……そろそろ着替えるので外で待っていてもらえませんか」

「ん？　ああ、ごめんごめん」

瑞穂に呼びかけられて我に返った亮介は、慌てて荷物を持って部屋を出ようとする。

扉を閉める前に、聞きたいことがあったので一つ聞いてみた。

「そうだ。今日撮った写真の中から生誕祭の日に投稿する写真を選ぶんだよな」

「はいっ！　そのつもりです！」

「じゃあちょっと選別してみるか。今日だけでもけっこうな枚数撮ってるから、待ってる間よさそうな写真選んでみるよ」

「あっ、それはありがたいです！　よろしくお願いします！」

そうして亮介は瑞穂の着替えを待っている間に選別作業をすることになった。

撮影した写真を一枚ずつ流して見ていったが、最後まで見終わった亮介はものすごくテンションが上がっていた。

どの写真も、すごく良《い》いのだ。

原作のセリフが聞こえてきそうなほどの、素晴らしい出来栄えだった。莉子に教わった撮影技術と原作把握、それに瑞穂という最高の素材が合わさった結果というべきだろうか。

「困ったな……ピックアップするのも難しいくらいだ」

口ではそう言いつつも完全に嬉《うれ》しい悲鳴である。

百枚以上ある写真から、悩んだ末に亮介は四枚の写真を選択した。どれも印象に残った写真であり、瑞穂も喜んでくれるに違いないと自信を持って言えるものだった。

そしてしばらくして、着替えをすませた瑞穂が部屋から出てきた。

「お……お待たせ、しました……」

「一応選んでみたから見てくれないか？　俺の中だとこの四枚がいいと思ったんだけど」

「（こくこく）」

亮介は四枚を順番に表示し、瑞穂へと見せた。

瑞穂は真剣な表情を浮かべたまま見つめていたが、やがてにっこりと微笑む。

「……すごく、いいと思います」

期待していた通りの言葉に、亮介はガッツポーズしようとした。

しようとした、のだが――


(……あれ?)


瑞穂の反応に、何とも言えない違和感を覚えてしまった。

口では絶賛してくれているが、本心は違う。

微妙な表情の動きから、亮介はそんなふうに感じとっていた。

「えっと、この写真に納得してないのか? 瑞穂」

そのため口に出して確認してみると、瑞穂は図星とばかりにびくりと肩を震わせる。

「そ、その……」

「納得できないことがあるなら遠慮なく言ってくれ。瑞穂がとことんクオリティを追求するのは俺だって知ってるからさ」

　だが瑞穂はぶんぶんと首を振り、貼り付けたような作り笑いを浮かべた。

「い、いえ、これで大丈夫です」

「いやいや。どう見ても納得してないって顔してるぞ」

「でも……カメラの件も原作の件もあったのに、これ以上亮介くんに負担をかけるわけにはいきませんから」

「ってことはやっぱり何か思うところがあったんだな」

　どう考えても納得してる人間の言い方ではなかったため亮介が突っ込むと、瑞穂はしどろもどろになって俯《うつむ》いてしまった。瑞穂はそのまま視線を上げようとしないため、困った亮介はぽりぽりと頭をかきながら端的に質問した。

「えっと、俺の問題か？」

「亮介くんの問題では、ないです」

「それじゃあ何だ？」

「それは、その……」

　瑞穂は躊躇《ためら》いがちではあるものの、おもむろに口を開こうとした。

　しかしすぐに思い直したように口を閉じ、気持ちを固めたとばかりに一度頷いた。

「……やっぱり、気にしないでください」

それから、瑞穂はそう言った。

「いや、待てよ。そんなこと言われても気になっちゃうだろ」

「えっと、わたし……亮介くんと、楽しく撮影したいですから」

「はあ？　何だよそれ？」

何とか聞き出そうと試みた亮介だが、結局その日、瑞穂がそれ以上のことを喋《しゃべ》ってくれることはなかった。

瑞穂は今日撮った写真の何に不満を覚えたのだろうか？

そしてなぜ自分に話してくれないのだろうか？

疑問符ばかりが頭にこびりつき——亮介にとって、後味の悪い撮影になってしまった。

○

『突然連絡してごめん、杏奈《あんな》。ちょっと相談したいことがあるんだけどいいか？』

『相談？　ボクに？』

その日の夜、亮介は杏奈にメッセージを送っていた。

帰ってからもずっと瑞穂の言葉の意味を考えていたが、皆目見当がつかなかった。そこで同じコスプレイヤーの杏奈なら何かわかるかもしれないと思って連絡してみたのだ。

　莉子とはメッセージのやりとりをしたことがあるが、杏奈とは初めてだった。送信してみるとあっという間に既読がつき返信が来たので、亮介はそのまま杏奈とのやりとりを続けていた。

『瑞穂とちょっとうまくいってなくて、同じレイヤーの杏奈から意見をもらいたいなと思ったんだ』

『サクラちゃんとうまくいってないの？　それは大変だね、ボクにできることがあればぜひ協力するよー！』

『ありがとう杏奈、助かるよ』

『込み入った話になりそうー？　それなら直接会って話を聞くけど』

　亮介はそこで手を止め、少し考える。

　瑞穂が不満を抱いた理由がわからないことにはどれくらい込み入った話なのか判断すらつかない。少なくともすぐに解決しそうには思えないし、直接会う方がいいだろう。

『そうだな。そうしてもらっていいか？』

『りょーかい！　場所と日時はどうする？』

『なるべく早い方がいいな。場所は……俺は相談させてもらう立場だから、杏奈が便利なところでいいよ。そっちの学校の近くに話せる場所とかあればそこで』
『えーと、それなら明日の放課後、ボクたちの学校の最寄りにあるファミレスでいい？』
『わかった』
『それじゃー現地集合にしよっか！　住所はあとでボクが送るね！』

約束を取り付けた翌日、亮介が店の前で待っていると杏奈が手を振って歩いてきた。

「亮介くーん、お待たせー！」

「今日はありがとな杏奈。わざわざ時間とってもらって」

「ボクのことは気にしなくていいよ、どうせここは帰り道だしね！　それよりサクラちゃんとのことが心配だから早く聞かせてよ。ほら、中入ろ」

「そうだな。入るか」

店内に入ると、学校終わりの時間ということで制服姿の中高生で賑《にぎ》わっていた。その中には杏奈の知り合いもけっこういるようで、注文したドリンクバーを二人で取りに行っているとたまたま鉢合わせた女子高生二人組が杏奈を見かけて声をかけてきた。

「あー、杏奈ちゃん男連れてる！」

「これはスクープじゃない？　王子様に彼氏いたなんて……しかも制服違うし他校？」

「あっ、ハルちゃんにアキちゃん」

二人の名前はハルとアキというようだ。もちろんあだ名だろうけど。

ともかく亮介は蚊帳《かや》の外なので一歩離れたところから三人の会話を聞くことにする。

「違うよー。この人は彼氏とかじゃなくて、女の子絡みのことでボクが相談を受けてあげてるんだ」

「なーんだびっくりした、じゃあ杏奈ちゃんは誰のものでもないんだね！」

「やったー、王子様は私たちのものだ」

「こ、こんなところで抱き着かないでよー！」

二人に左右から同時にぎゅっとハグされた杏奈は、苦笑を浮かべながらもそれを甘んじて受け入れていた。少しして解放された杏奈は何事もなかったように頬をかいてみせた。

「ごめんね亮介くん、テーブル戻ろっか」

「お、おう……」

「ボク男っぽいところがあるからさ、クラスの女の子から王子様なんて呼ばれてたりするんだよー。みんなあんな感じでふざけてスキンシップしてくるんだ」

「そ、そうなのか」

女顔の美少年といっても通用する中性的な顔立ちをしている杏奈だ。クラスでのポジションはわりと納得いくものだった。

そうして亮介たちがテーブルに戻ってくるとすぐに注文していたデザートも運ばれてきた。杏奈は期間限定の巨峰パフェ、亮介はプリンをそれぞれ頼んでいる。杏奈はいただきまーすとスプーンを手に取り、もぐもぐしながら口を開いた。

「それで、相談の内容を聞かせてよ！」

「ああ……昨日撮影してたんだけど」

亮介は簡単に事のあらましを説明してみせた。

すると杏奈は少し頭の中を整理するように考えこんでから、こくりと頷《うなず》いた。

「なるほどね。つまり亮介くんは、サクラちゃんが不満を感じてそうなのにそのことを話してくれなくてモヤモヤしてるってわけかー」

「まあそんなところだ。どうしたもんかなって」

「ねえ、撮った写真ボクにも見せてくれない？」

「ん？　ああもちろん」

亮介は昨日のうちにカメラのデータを全て携帯の方に転送していた。だから瑞穂に見せた四枚もすぐに表示することができた。

杏奈は写真を見るなり感心したような声を出す。

「うわーっ、すごい！　亮介くんいい写真撮るねー！」

「そ、そうか？」

「これ、『戦乙女まじかる☆くろーばー』の三葉ちゃんだよね。ボクもアニメは全部観てるしけっこう好きな作品だけど、すごくいい感じに撮れてると思うよ！」

「えっと……ありがとう」

手放しに褒められて亮介は照れてしまったが、よく考えれば写真の感想を聞きに来たわけではない。

「それで、瑞穂が不満に思うとしたら何かってわかるか？」

「うーん、難しいねー」

杏奈は腕組みして考えはじめた。

「構図がイメージと違ったとか？」

「いや、構図は瑞穂と話し合いながら全部決めてるからそれはないと思う」

「それじゃあ衣装で気に入らないところがあったとか？」

「何かそんな感じじゃなかったんだよな」

「むむう……もう一回写真見せてもらってもいいかなー？」

「おう、わかった」

携帯を差し出すと杏奈はしばらく画面と睨《にら》めっこしながら黙り込んでいたが、やがて視線をこちらに向けるとおもむろに口を開いた。

「亮介くんの問題じゃないって言ったんだよね？　それで、おそらくサクラちゃんのミスってわけでもない」

「ああ、そうだな」

「それじゃあ場所の問題じゃないかなー？」

「場所？」

亮介が聞き返すと、杏奈は補足するように続ける。

「宅コスはお金かからないし楽だから普段の撮影にはいいけど、気合い入った撮影だと物足りない気分になるからねー。ボクも時々莉子ちゃんに頼んでスタジオで撮影してるよ」

「なるほど。じゃあもしかして、瑞穂はコスプレスタジオに行って撮りたかったのか？」

「断言はできないけどその可能性はあるんじゃないかなー？」

「ありがとう、杏奈。やっぱり相談して正解だった」

スタジオに行ったのは併せ撮影をしたときの一度だけだが、『まじくろ』の撮影にもぴったりなブースをいくつか覚えている。こういうのは同じコスプレイヤーだから出る視点だと思うので亮介は素直に感謝していた。

杏奈はちょっと照れくさそうに微笑を浮かべ、スプーンを持ってパフェに入っていたぶどうシャーベットを口元に運んだ。下唇に少し垂れたのをぺろりと舌で舐《な》めとっている。

「それで、ボクへの相談はこれで終わり?」

「いや……もう一つあるんだ。こっちの方が大きな問題っていうか」

「そうなんだ。どんな相談?」

「さっき杏奈が言った通り瑞穂はスタジオに行きたかったんだとして……何でそれを俺に言わないのかな、と思って」

第二の相談内容を口にすると、杏奈はぱちくりと瞬《まばた》きした。そして一本取られたとばかりにぽんと手を打った。

「確かに、そうだねー! サクラちゃんが言ってればわざわざボクに相談する必要もないわけだし」

「最近、瑞穂のやつなんか変なんだ。俺は併せの日以来、良《い》い写真撮りたいと思って一眼レフ練習したり原作に触れたり色々やってるんだけど……瑞穂のやつ、それが俺に負担になってるんじゃないかって言うんだよな」

「へー、サクラちゃんがそんなことを」

「……ん、待てよ? 最近?」

と、そこで亮介はふと考え込んでしまった。本当に最近だけの話なのかということを。

そしてとんでもないことに気づいてしまったとばかり、力強くテーブルを叩《たた》いた。

「待てよ……そういえば瑞穂って、前から撮影のときに俺の負担になりそうなことを一切言わないんだ」

「え？　どういうこと？」

「例えばさ、初めの頃なんてスマホでひっどい写真撮ってたんだけどその時も一回もリテイク出してこなかったんだよ。めっちゃ手ぶれしててもニコニコ顔だし……それに瑞穂から撮影技術を勉強しろって言われたこともないし、原作見てくれって言われたこともない」

むしろ亮介が能動的に動こうとすると、なぜか怯《おび》えたような様子を見せるくらいだ。

杏奈もそれを聞いて思い出したように口を開く。

「そういえばサクラちゃん、併せのときに言ってたよね。立派な写真が撮りたいわけじゃなくて、楽しくコスプレできればそれでいいって」

「でもそんなわけないだろ。瑞穂がクオリティにめちゃくちゃこだわってるのは知ってるし、あの時は俺に配慮して言ってくれたんだと思う」

亮介はそれから、杏奈に尋ねてみた。

「杏奈って、莉子に撮影のことで注文つけたり文句言ったりするか？」

「もちろんー。莉子ちゃんは上手だからだいたいはボクのイメージ通りの写真撮ってくれるけど、それでもちょっとした口論になることもあるよ！　だからといって険悪な感じになるってことは全くないけどねー」

「やっぱり、俺たちの関係って何か歪《いびつ》なのかな……」

コスプレイヤーとカメラマンとして、協力してコスプレ写真という一つの作品を作っていくという関係とはずいぶん離れている気がしてしまう。

言葉にするのは難しいが、瑞穂はカメラマンとしての亮介に何も求めていないのだ、という感覚。協力関係というよりも、演者とお客さんといったような関係。

なぜそうなっているのだろうと考えたとき、亮介には思い当たることが一つあった。

「もしかしたら、瑞穂が言ってた失敗と関係あるのかもしれないな」

「なにそれ？」

「似たような失敗を中学の頃にしたから、怖くなったって言ってたんだよ」

「中学の頃の失敗、かあ……」

杏奈は腕組みしたまま神妙な面持ちをしていた。

「コスプレに関することかはわからないけど、確かにレイヤーの人がカメラマンとトラブルになって引きずっちゃうって話は珍しくないと思うよー。ブラックカメコって言葉もあるくらいだしねー」

「なるほどな」

「サクラちゃんと同じ中学の人がいたら、聞いてみたら？　何か知ってるかもよー？」

「それが、瑞穂と同じ中学って確かうちのクラスメートにはいなかったんだよな」

「何て中学なの？」

「ええと……」

　前に瑞穂と話しているときに聞いた学校名を亮介が口にすると、杏奈は思い当たる節があるとばかりに声を上げた。

「あーっ、それならうちの学校にいっぱいいるよー！　何ならさっきボクにちょっかい出してきたハルちゃんとアキちゃんもそこだったと思う！」

「そうなのか？」

「うん。ハルちゃんとアキちゃんなら向こうにいるし、せっかくだから話聞いてみる？」

　思わぬ提案に、亮介は迷わず首を縦に振っていた。

「ああ。そうしたい……かな」

「りょーかい！　じゃあボク、ちょっと二人に声かけてくるねー！」

そうして一分後には、亮介たちの正面に二人の女子高生が座っていた。

「えっと、最上亮介っていいます。よろしく」

「杏奈の友達なんだよね？　うちは松井春香《まついはるか》、ハルって呼んでいいよ！」

「私は野崎千秋《のざきちあき》、アキって呼んで」

左に座る、日焼けしたスポーツ女子という印象の子がハル。

右に座る、色白なゆるふわ女子がアキ。

初対面の三人が軽く自己紹介を終えたところで、ドリンクバーのソーダメロンをちゅーちゅーストローで飲んでいた杏奈はさっそく本題を切り出した。

「二人ともわざわざごめんねー。ボクたちの友達が中学の頃どんな感じだったか聞いてみたくて」

「うちらもどうせ暇だったしいいよ！　それで、誰のことが聞きたいの？」

「えっと、桜宮瑞穂って子なんだけど……」

杏奈がその名前を出した途端、それまで明るい調子だったハルとアキは同時にちょっと渋い表情を作ってお互いに顔を見合わせた。何だか普通の反応じゃない、ということは亮介にもわかった。

「桜宮さん、かあ……」

「なるほどね……」

そして二人とも、ちょっと困ったように口を開く。

「何か言いにくい話なのか？」

「まあ、そんな感じかな。うちはクラス違ったから噂程度にしか聞いてないんだけどね」

「私も右に同じ」

「ボクたちに話しづらい内容だったら別に大丈夫だよー？」

「いやー、でも他ならぬ王子様の頼みだからね。うちの知ってる範囲で話してあげる。簡単にいえば文化祭でやらかしちゃった……みたいな話かな」

そう前置きしてから、ハルは瑞穂について知っていることを簡単に話してくれた。

瑞穂は中学時代、手芸部に入っていたという。そのこと自体は初めて瑞穂の家に行ったとき亮介も聞いていたが、部の中でも断トツで上手だったらしい。細部までこだわりぬいた作品はコンクールでも高い評価を受けていたとのことだ。

その技術を買われて、瑞穂は文化祭のクラス演劇で衣装班の班長に抜擢《ばってき》された。

脚本の相次ぐ変更でスケジュールが押してしまった上、作る衣装の数が多かったため、衣装班には多くの人手が割かれた。瑞穂を班長とした女子五、六人の班が結成されると、当初は最高の衣装を作ろうと全員が高いモチベーションを持っていたのだが――

「クオリティにこだわりたいから厳しく監督してくれって言われて、桜宮さんはダメ出ししまくってたんだって。でも他の人はあんま手芸が得意じゃないから満足いくクオリティにならなくて、最終的には全部自分一人でやるから手伝いはいらないって言ったらしくて」

「そ、そうなのか」

「それで一人でやってたけど無理がたたって体調崩しちゃって、本番当日に衣装が間に合わなくてみんな大激怒。それでクラスのみんなから総スカン食らって孤立したって話だよ」

「瑞穂が、そんなことを……？」

イメージと違いすぎて、亮介は正直信じられなかった。

言い方を悪くしてしまえば、お前たちは戦力外だから必要ないということ。そんな棘《とげ》のある言葉を瑞穂が言うとはとても思えなかった。

と、そこで——横で聞いていたアキが、ぽりぽりと頬をかきながら言った。

「ハル、それ違うよ」

「え？　そなの？」

「私も高校に入ってから聞いたんだけど、他の子の手伝いはいらないって言った話は桜宮さんを悪者にするために衣装班の他の女子がでっちあげた嘘なんだって。実際のところは桜宮さんのこだわりの強さにうんざりした他の女子たちがそんなにうるさく言うなら全部自分でやればいいじゃんって無理やり押し付けて、どう考えても一人じゃ終わらない作業量をやろうとして倒れたってのが事の顛末《てんまつ》らしいよ」

「ええっ？　何それ初耳なんだけど、てかひどすぎない？」

つまりこういう話だった。

みんなで高いクオリティを目指していたはずなのに、クオリティを追求するために厳しいことを口にしていた瑞穂は、いつの間にか他のメンバーに疎まれるようになった。そして瑞穂にとっては裏切られるような形で放り出されてしまった。

瑞穂は元から内気な性格ではあったものの、今のような極度の人見知りになったのはその一件がきっかけだという。

「私も聞いたときサイテーと思ったよ。衣装が間に合わなくなったのは自分たちのせいでもあるのに、責任全部桜宮さんに押し付けて被害者面してたわけだからね」

「なるほどね……そうだったんだ。教えてくれてありがとうハルちゃん、アキちゃん」

「ううん、全然大丈夫だよ！」

「じゃあまた学校でねー、杏奈」

二人が席を立ってからも、亮介はしばらくの間考え込んでしまっていた。

瑞穂の言っていた中学の頃の失敗というのは、二人が話してくれたエピソードで間違いないだろう。杏奈が予想していたようなカメラマンとのトラブルではないようだ。

「えっと亮介くん、すごい話聞いちゃったねー」

「ん？　ああ……そうだな」

杏奈はハルとアキがいなくなったことで隣から向かい側へと席を移動していた。話を振られた亮介は、おもむろに口を開く。

「そういえば前に瑞穂のコスプレ衣装が入ったクローゼットを見せてもらったことがあったんだ。そのとき奥に作りかけの衣装が何枚もあって、何なのかって聞いたら慌てて隠されちゃったんだけど……今思えばあれって衣装班で完成させられなかった衣装だったのかもしれない」

カメラマンとしての亮介に何も求めようとせず、亮介がお金や時間をつぎ込むことを過度に恐れる。そんな瑞穂の態度の理由が、何となくわかった気がした。

瑞穂は——昔と同じ失敗をすることを怖がっているのだ。

クオリティに対する強いこだわりを亮介に押し付けてしまうと、亮介は負担を感じ、自分のもとから去ってしまうかもしれない。

だから瑞穂は自分だけ頑張って、亮介には何も要求しない。

それが「楽しい撮影」のために必要なことだと思っている。

あくまでも亮介の推測でしかないが、こう考えると今までのことも辻褄《つじつま》が合う。そして過去の辛《つら》い経験によって醸成された態度だということを知ってしまった以上、共感こそすれ責め立てようという気持ちにはなれなかった。

——だけど。

（何だよ、それっ！）

その代わりに、亮介はどうしようもないもどかしさを覚えていた。

一眼レフを買ったのも、莉子に頭を下げて撮影技術を習ったのも、『まじくろ』の原作マンガとアニメを一気に読んだり観たりしたのも、誰かに強制されたわけではない。そうではなく、本心から良《い》い写真を撮りたいと思ったから行動したのだ。

瑞穂と出会うまでは全く知らなかった世界だが、たった数週間で亮介はすっかり魅了されていた。瑞穂のコスプレは本当に素晴らしいと思うし、カメラマンとしてその姿を上手《うま》く撮りたいと感じている。

だからこそ瑞穂には注文をつけてほしい。要求してほしい。コスプレ写真という一つの作品を作り上げる仲間として、もっと頼ってほしい。

「難しい顔してるねー、亮介くん」

と、そこで、杏奈は真剣な面持ちのままそう言ってきた。

「サクラちゃんに言いたいことが色々ある、って感じの様子だよ？」

「ああ……でもどうすればいいかわからないんだ」

「そういうときは、言葉にして直接伝えてあげるのが一番良いと思うなー」

そう言って杏奈はにっこり笑った。

確かに、杏奈の言う通りだ。

変に逡巡《しゅんじゅん》してしまいそうになっていたが、黙っていても何も解決しない。モヤモヤを抱えたまま瑞穂と付き合っていくのは、嫌だ。

亮介は自分に言い聞かせるように一度首肯すると、杏奈に向かって言った。

「……今から、行ってみるよ」

「うん。頑張ってね、亮介くん！」

相談に乗ってくれた礼を述べたあと、亮介は杏奈と別れたのだった。

○

「はあ、はあ……来ちゃった」

そしてファミレスを出た亮介は、そのまままっすぐ瑞穂の家へとやってきていた。

事前のアポは取っていない。完全に勢いだけだった。駅から走ったせいで息を切らしていた亮介は、玄関前で一度息を整えたのち、インターホンを鳴らした。

そうして少し待っていると、出てきたのは知らない女性だった。

「あら？　どちらさまかしら？」

「あっ、えっと……」

一瞬家を間違えたかとも思ったが、よく見るとどことなく瑞穂に似た雰囲気が感じられた。瑞穂が大人の女性になったらこんな感じになるんだろうなと思ってしまう、素敵な女の人だった。

「えっと、瑞穂のお母さんですか？」

だから亮介が尋ねてみると、その女性はきょとんとする。

「え？　そうだけど、もしかして瑞穂のお知り合い？」

「はい。会いに来たんですが今いますか？」

「今バイトに行ってるからいないのよね。帰りは九時半とか十時くらいだと思うわ」

「そ、そうなんですか」

瑞穂がバイトしているなんて知らなかった。だが考えてみれば衣装代やウィッグ、カラコン、その他諸々《もろもろ》に相当なお金がかかるはずだ。それを賄うためにバイトをしているんだろう。

勇み足に終わってしまった亮介だが、瑞穂母の方は興味津々とばかりに質問をぶつけてきた。

「ところで君は瑞穂とどういう関係なのかしら？」

「えっと、友達だと思います」

「じゃあもしかして君が最上くん？」

「……何で知ってるんですか⁉」

びっくりして大きな声を出してしまう亮介に対し、瑞穂母は楽しそうに笑う。

「瑞穂がよく君のことを話してくれるのよ。今まで学校の話なんて全然しなかったのに、ここ最近はすごく楽しそうに喋《しゃべ》ってくれるんだから」

「は、はあ」

「待って、瑞穂のバイト先教えてあげる。急用があるんだったら会いに行くといいわ」

「え？　いいんですか？」

「うん。私の古い友達がやってる定食屋で、ここからは歩いて五分くらいよ。今は営業中だから瑞穂も手が離せないかもしれないけど」

「ありがとうございます！　行ってみます！」

住所を書いた紙を渡してくれた瑞穂母に、亮介はぺこりと頭を下げて礼をした。

そして亮介は、そのまま瑞穂がバイトしているという店に向かった。

○

もう夕方になっていた。

西空は赤く染まり、綺麗《きれい》な夕焼けが見える。

途中で道に迷ってしまいずいぶんと余計に時間がかかったが、亮介はようやく商店街のど真ん中に店を構える定食屋「ふろしき」へと辿《たど》り着いた。

時間帯のせいもあってか表にはある程度の人数が並んでいた。かなり繁盛している店らしい。並んでみることに決めて待っていると、十五分ほどで店内へと案内された。

「いらっしゃい」

応対してくれたのは強面《こわもて》の男性店員。坊主頭に鉢巻きというなかなかにインパクトのある恰好《かっこう》をしていた。

「お一人様で？」

「あ、はい」

「カウンターの一番奥の席、空いてるから」

不愛想な接客だが、亮介は言われるがままに歩いた。店内はテーブル席が三つと残りはカウンター席だった。

カウンターからは厨房《ちゅうぼう》の様子を窺《うかが》うことができたので、見てみると、店名の入った紺色のエプロンを身に着けててきぱき動いていたのは他ならぬ瑞穂だった。

「ま、まじか……」

厨房には一人しかいないから、どうやら調理全般を任されているらしい。

予想外の光景に驚いていたところ、目の前にとんとコップが置かれた。

「お待たせよ、お冷だ」

さっきの店員だ。

「注文は？」

「あ、えーと……から揚げ定食で」

「よっしゃ、瑞穂ちゃんから揚げ一丁！」

「（こくこく）」

まだメニュー表を開いたばかりなのにぶっきらぼうに注文を聞かれ、亮介は焦って適当に目に入ったメニューを注文した。すると店員は厨房に向かって威勢のいい声を出す。瑞穂は無言で頷《うなず》いていたが、やがてこちらに視線を向けて亮介のことを認識するとひどく驚いたように何度も瞬《まばた》きをした。

亮介は慌てて手でバツ印を作る。気にしないでくれという合図である。

仕事で忙しくしている瑞穂の気が散るようなことはしたくない、という亮介の意図は伝わったようで瑞穂は小さく笑みを浮かべてから調理へと戻った。

それから十分ほど経ち、から揚げ定食が運ばれてきた。大盛りキャベツにカリッと揚がったから揚げが四つ、ご飯に味噌汁《みそしる》、そして小鉢という構成だ。

「……あっ」

味噌汁を一口啜《すす》って、亮介は思わず声を出していた。

瑞穂の家で振る舞ってもらった味噌汁と、同じ味だ。

定食はとても美味《おい》しくて、あっという間に食べ終えてしまった。会計を済ませて店を出ると更に行列は長くなっており、瑞穂に暇な時間ができそうもない。

「どうしたもんかな……」

表の看板を見ると、閉店時刻は九時のようだ。まだ二時間以上ある。

出直すのが賢いというのはわかっているけど、どうせここまで来たのだ。瑞穂と話して帰りたい。

迷いながら少し歩いていると、落ち着いた雰囲気の喫茶店があった。ガラス張りの壁越しに見える店内では、勉強道具を広げた学生やノートパソコンに向かうスーツ姿の人も見受けられ、長居できそうだ。

「よし、待つか」

ここ最近、コスプレ撮影に関することに多くの時間を注ぎ込んでいたため学校の宿題が大量に溜《た》まっていた。鞄《かばん》に勉強道具は入っているしこの隙間時間で片づけてしまおう。

そう考えた亮介はコーヒーを一杯注文してから、瑞穂の携帯にメッセージを送った。

『ちょっと話がしたい。待ってるから、店終わったら連絡してくれないか？』

厨房に立っているうちは携帯は見ないだろう。

バイト終わりに確認してもらえばいい。

『店長さんに許可取りましたので、店に来てもらっていいですよ！』

『でも突然でびっくりしました。何かあったんですか？』

そして九時過ぎ、ぴろりんと携帯が鳴った。

待ってましたとばかりに手に取る。すると瑞穂からのメッセージが入っていたので、亮介はすぐに喫茶店から撤収して再び瑞穂がバイトしている定食屋へと向かった。

店の前まで行ったところ、エプロンをつけたままの瑞穂が外で待ってくれていた。亮介を見つけるなり嬉《うれ》しそうに破顔し、控えめに手を振ってくる。

「亮介くん……こ、こんばんは」

「突然押しかけちゃって悪かったな瑞穂。どうしても話したいことがあって」

「そ、それは全然いいんですけど、どうしてここがわかったんですか？」

「瑞穂の家に行ったらお母さんが出てきてさ、教えてもらったんだ。瑞穂がバイトしてたなんて知らなかったからびっくりしたよ」

もし隠してたならごめんと亮介が言うと、瑞穂は首を横に振ってはにかんでみせた。

「だ、大丈夫です……亮介くんなら」

「お、おう」

「そ……それより話って」

「そうだ。もう夜遅いし、さっそく本題に入ってもいいか？」

瑞穂が頷くのを見て、亮介はふうと一度息を吐いた。

そして頭の中を整理したのち、再び口を開いた。

「この前の撮影の件なんだけどさ。やっぱり、瑞穂はあの時撮った写真に何か不満があったんじゃないか？」

すると、瑞穂は一瞬硬い表情を浮かべたのち、慌てて両手を振って否定してみせた。

「そ、そんなことないです」

「そう言うわりには図星って感じだぞ」

「え……えっと」

あからさまに動揺した様子の瑞穂は、視線を慌ただしく動かす。

しばらく待ってみたが言葉は返ってこなかったので、亮介は言葉を続けることにした。

「あのさ、今までの撮影を振り返ってみて思ったんだけど、瑞穂が俺に何かを要求したりダメ出ししたりしたことってないよな」

瑞穂は無言のままである。

「コスプレイヤーとして瑞穂がものすごく強いこだわりを持ってるのは、俺も近くで見てきたからわかる。コスプレするキャラを一人一人心から愛してて、衣装もウィッグもメイクも情熱を注いでるのは知ってる。そうして高いクオリティを作り出してることが人気の所以《ゆえん》だと思うんだけど……どうして、そのこだわりを俺に求めてくれないんだ？」

亮介はそこまでを一息でまくし立てた。そして一度ふうと息をつき、それから、おもむろに次の言葉を口にした。

「もしかして、中学時代のことが関係してるのか？」

「え……ど、どうしてそれを」

「さっき、瑞穂と同じ中学出身っていう杏奈の友達に会ったんだ。それで中学時代、文化祭でトラブルがあったって話を聞いちゃって」

亮介の言葉を聞いた瑞穂は大きなショックを受けたようで、呆然《ぼうぜん》と立ち尽くしてしまった。やがてがっくりとうなだれると、観念したように静かに口を開いた。

「……亮介くんの、言う通りです」

それは、とても弱々しい声だった。

「わたしは……衣装作りでもコスプレでも、すごくこだわりが強いんです。中学の頃、それを自分勝手に押し付けちゃったせいで文化祭を台無しにしちゃって……クラスの人全員に嫌われちゃって……」

たどたどしいながらも、口数多く話す瑞穂。亮介はそれを黙って聞いていた。

「コスプレイヤーとして有名にはなったけど……亮介くんと出会うまで、わたしはずっと一人ぼっちだったんです。でも亮介くんと一緒に撮影するようになって毎日がすごく楽しくて、だからこそ、また同じ失敗をして亮介くんがいなくなっちゃうのが怖くて」

瑞穂はそこで俯《うつむ》き、それから悲しそうな笑みを浮かべてみせた。

「それなら……わたしが余計なことを言わないでおこうと、そう思ったんです。そうすれば今まで通り楽しく撮影できるだろうなと、思って」

それが瑞穂の偽りのない本心のようだった。

亮介が想像していたこととほとんど同じである。だから驚きはなかったが、その代わりに、当人の口から直接聞かされたことで亮介は負の感情が沸き上がってくるのを感じていた。様々な感情が綯交《ないま》ぜとなった、ぐちゃぐちゃの思いだ。

少しの間、黙って瑞穂を見つめていた亮介だが——

あえて、強い言葉を口にした。

「あのさあ……ふざけんなよ、瑞穂！」

瑞穂は、びくりと肩を震わせて縮こまってしまう。

「勘違いしてもらっちゃ困るけど、俺、コスプレの撮影をやらされてるとか迷惑だとか思ったことないからな！　むしろ瑞穂のおかげでコスプレの良さがわかって、もっともっと上手《うま》くなって良《い》い写真撮りたいなって思ってるんだよ！　俺、コスプレ撮影が好きになったんだ！」

「り……亮介、くん」

「だから、瑞穂にはもっと色々言ってほしいんだよ。それが良い写真を撮るためなら喜んで聞くし、むしろ変な遠慮されるとモヤモヤするんだ。瑞穂が、俺のことを一つの作品を作る仲間だと思ってくれてないんじゃないかって気がしてさ」

　亮介は、そこまでで自分の思いを全て伝えたつもりだった。俯いていた瑞穂は顔を上げると、申し訳なさそうにぺこりと大きく頭を下げた。

「……すみません。亮介くんにそんな思いをさせていたなんて、気づきませんでした」

「それじゃあ」

「でも……どうしても怖いんです。今は大丈夫でも、やっぱりわたしが自分勝手を押し付けすぎちゃって、どこかで亮介くんの気持ちが変わっちゃうんじゃないかと」

　葛藤《かっとう》に押し潰《つぶ》されたような、苦々しく辛《つら》そうな表情。

　中学時代のクラスメートも同じだったのだろう。最初は高いモチベーションを持っていたのに、瑞穂の気づかないうちに少しずつ気持ちが離れていって、最終的にはそれが閾値《いきち》を超えてしまったのだ。

　しかし、そう言われたことで亮介はようやく気づいていた。

　自分が思っていたことは、言いたかったことは、まだ伝えきれていないのだと。

　それを伝えるべく、亮介は瑞穂のもとへと一歩、二歩歩み寄り。

　その両肩に、ぽんと優しく手を置いた。

「えっとさ、瑞穂……何て言えばいいのかわからないけど……俺たち、友達だろ？」

「(こくこく)」

「だから、嫌なことがあったらちゃんと言葉にして伝えるよ。そうやってお互いに本音をぶつけあうことはあっても、嫌な思いをさせたからって突然関係が切れるなんてことはないって。俺たちの関係って、そんなに薄っぺらいものじゃないだろ」

そう。

亮介は――悔しかったのだ。

今まで数週間という短い期間とはいえ、瑞穂とはたくさんの時間を過ごした。信頼関係だって築いてこられたと思っていたし、距離だってかなり縮められていると思っていた。

だからこそ、中学時代のクラスメートと一緒だと思われるのが悔しかった。

こだわりを押し付けて嫌な思いをさせてしまえば、どこかでぷっつりと関係が切れてしまうかもしれないなんて、その程度にしか信頼されていないことが悔しかった。

「亮介くん……」

すると、瑞穂は何度か瞬きをしたあと、ぽろりと一粒涙を零《こぼ》した。

それから両手を亮介の背中に回し、ぎゅっと、不器用に抱き着いてきた。

焦ったのは亮介の方である。突然のことに思わず固まってしまった。

「お、おい?」

「ありがとう……ございます」

目に涙をためた瑞穂はとても晴れやかな表情をしていた。過去の呪縛から解き放たれたとばかりに、泣きながら笑っていた。

「今まで、ごめんなさい。これからは……ちゃんと、本音を言うことにします。なので亮介くんは……もし嫌だなと思ったら、教えてください」

「ああ。それはお互い様だから、瑞穂も遠慮せずに言ってくれよ」

「（こくこく）」

そこでようやく瑞穂は体を離した。

抱き着かれて少しドキドキしてしまっていた亮介は、一度息を整えてから瑞穂に向かって尋ねてみた。

「それで結局、瑞穂はあの時何が不満だったんだ？」

「写真自体は、ぜんぜん不満とかないんです。すごくよく撮れてるなと思って……でもだからこそ、もったいないなとも思ってしまいまして……」

「もったいない？」

「この写真、別の場所で撮ったらもっともっとよくなるだろうなって……」

「コスプレスタジオで撮りたいってことか？」

「（ぶんぶん）」

杏奈の予想が当たったかと思ったが、そうではなかったようだ。

「それじゃあ、どこなんだ？」

「えっと、その……聖地で、撮りたいんですっ」

○

「聖地？」

亮介は一瞬その意味がわからず、記憶の糸を辿《たど》っていた。

そういえば聖地巡礼という言葉を夏帆の口から聞いたことがある。ドラマでいうロケ地巡りと同じように、アニメファンがアニメの舞台となっている場所へ観光に訪れることを指す言葉だったはずだ。

「えっと、『まじくろ』の聖地に行くってことか？」

「は、はい。そうです」

「現実に舞台になってる街があるのか？　『まじくろ』って？」

「三葉の暮らしてる街は……兵庫県のとある街が、そのまま舞台になっているんです。なのでファンのなかではけっこう有名なんですよ」

「へー、そうだったのか」

戦乙女たちの熾烈《しれつ》な戦闘とのどかな日常が交錯する『戦乙女まじかる☆くろーばー』というアニメは、基本的には三葉の暮らしている街を舞台として進む。現代日本におけるローファンタジー作品なのだ。

「じゃあ高校襲撃のときに戦場になった海辺なんかもモデルがあるのか？」

「そ、そうです。景色とかも忠実に再現しているらしくて……」

「それはすごいな」

海辺を巡るシーンは作中でも屈指の名シーンだ。黒薔薇《くろばら》協会に与《くみ》した戦乙女と、その破壊を食い止める三葉たちという構図で大規模な戦闘が繰り広げられ、手に汗握る死闘のすえに三葉がゆっくりと杖《つえ》を掲げて勝利宣言をするという場面。

あれを瑞穂のコスプレ姿で再現すれば、確かに最高の一枚が撮れそうだ。

他にも撮りたいシーンはいくらでも思い浮かぶ。妄想はどんどん膨らんでいくが、亮介はそこで気になったことを尋ねてみた。

「でも聖地っていっても普通の街なんだろ？　撮影なんてできるのか？」

「実は……調べてみたら、週末に大きなイベントがあってコスプレもできるらしいんです。

メインイベントは声優さんが来るトークショーらしいんですけど」

「なるほど。そんなのやってるんだな」

アニメの聖地を観光資源として観光客を呼び込み、地域振興を図る。そんなコンテンツツーリズムと呼ばれる手法で成功した事例がテレビで紹介されているのを見たことがあるが、そういった試みの一つなんだろう。

『まじくろ』が今かなり盛り上がっているコンテンツだということは夏帆から聞いていたから、亮介としても納得ができた。

「いいじゃん、聖地で撮影なんて絶対良い写真撮れそうだし、それに楽しそうだ」

「でも……そ、その、お金も時間もいっぱいかかっちゃいます」

「あっそうか」

瑞穂の一言で亮介は途端に現実に引き戻されてしまう。

そういえば、今の亮介は深刻な金欠なのだ。

コスプレスタジオの入場料や一眼レフの代金など、ここ最近出費が嵩《かさ》んでいた。一眼レフに関しては夏帆から貰《もら》ったお金が多くの部分を占めているとはいえ、足りないぶんはなけなしの貯金を投入したためもうほとんど残っていない。

東京から兵庫の方まで往復するような資金は、間違いなく持っていなかった。

「うーん……どうしたもんかな」

「あ、あの、やっぱりなかったことに」

「待て待て待て、さっきあんなに啖呵《たんか》切っといてそういうわけにはいかないだろ！　お金のあてはないけど、まあ何とかするから一緒に聖地に行こう！」

「は、はあ……」

　いざとなったら親に土下座してお小遣いを何か月分か前借りさせてもらうか、あるいはゲーム機を売ってお金を工面しよう。そう考えていた亮介だったが、すると突然後ろからとんと肩を叩《たた》かれた。

　振り返ってみると、そこに立っていたのはさっきの店員である。相変わらず坊主頭に鉢巻きという目立ちまくる恰好《かっこう》をしていた。

「ははっ、兄ちゃんなかなか根性あるじゃねーか」

「店長さん……？」

　亮介はもちろん、瑞穂も驚いたように目をぱちくりさせていた。

「すまねーな瑞穂ちゃん。なかなか帰ってこねーから様子見ようって出てきたんだが、そしたら二人が言い合いしてるの聞いちまってさ」

「も、もしかして……聞かれてましたか」

「悪い悪い。盗み聞きするつもりはなかったんだが」

悪びれた様子もなく豪快に笑ってみせた店長は、そこで亮介の方に視線を向けた。

「それより兄ちゃん、金に困ってんだろ？」

「え？　あ……は、はい」

「あてがないならうちでバイトしたらどうだ？　瑞穂ちゃんの入ってくれてる時間は特に人手が足りてなくて、オレが厨房《ちゅうぼう》捨てて接客しなきゃいけねー有様なんだよ。ちょうど接客できる人間を雇いたかったんだ」

「い、いいんですかっ？」

その提案はまさに僥倖《ぎょうこう》ともいうべき、亮介にとってありがたいものだった。

亮介は思わず声を上ずらせてしまったが、ほどなくして冷静さを取り戻す。

「でも俺、飲食のバイト経験とかないです。せいぜい学校の文化祭でやったくらいで、慣れるまでは使い物にならないと思いますが……」

「大丈夫大丈夫、オレなんて愛想悪いってネットの口コミに酷評書かれてっからよ。まともに注文の受け答えとかできりゃオレよりましだ」

「は、はあ……」

店長の接客のひどさは自分も体験したので、亮介は思わず苦笑を浮かべてしまった。

しかし、それにしてもこんなにうまい話があっていいのだろうか？

少し心配になった亮介が瑞穂の方を見てみると、瑞穂は嬉《うれ》しそうに相好を崩していた。

「……亮介くんと一緒にアルバイトするなんて、すごく楽しそうです」

「そ、そうか」

瑞穂のきらきらした笑顔を見せられてしまえば、断ることなんてできそうもない。

それに亮介にとっては渡りに船の申し出なのだ。

亮介は、店長の方に向き直ると深々と頭を下げた。

「えっと、よろしくお願いします！」

「おう、しっかり頼むぜ。給料分ちゃんと働いてもらうからな」

こうして亮介は——瑞穂と同じバイト先でアルバイトをすることになったのだった。

#SNS #Superpopularity #Cosplayer
#Classroom #Shyness #Unpainted-face #Cute

第六章　聖地巡礼に行こう

金曜日の午後十一時過ぎ、亮介《りょうすけ》と瑞穂《みずほ》は二人で新宿駅の構内を歩いていた。乗降客数は一日あたり三百五十万人以上という、堂々のギネス記録を誇る世界的なマンモス駅だ。迷路のような地下通路に苦しめられながらも何とか地上改札まで辿り着くと、目の前にはバスターミナルの建物があった。

「ここか」

「つ、着きましたね」

ころころとスーツケースを引く瑞穂と、一眼レフの入った大きな鞄《かばん》を持つ亮介。

二人の目的は『戦乙女まじかる☆くろーばー』の聖地へと向かうことである。

三葉《みつは》の住む街として作中に登場する街のモデルとなっているのは、瀬戸内海に面したやや辺鄙《へんぴ》な街らしい。この週末には〈夏野《なつの》三葉生誕祭〉と称して街を挙げたタイアップイベントが催されるとのことだった。

三葉の誕生日はイベント二日目である日曜日だが、誕生日当日にコスプレ写真を投稿するため亮介たちは一日目の方に参加することになっている。

エスカレーターに乗って四階まで上ると高速バス専用のターミナルに到着する。入口横にはコンビニ、お土産屋、それに発着時刻を表示した電光掲示板が並び、中に入るとチケット売り場や自動発券機があった。その横が待合スペースでありたくさんの人がソファーに座って出発を待っていた。

「わたし、夜行バスに乗るなんて……初めてです」

瑞穂はわくわくした様子でそんなことを言う。

「でもよかったのか？　俺の懐事情を配慮してくれたのは嬉しいんだけど、『ふろしき』のバイト代貰ったから新幹線とか飛行機でも何とかなったんだぞ」

「い、いえ……値段関係なく前からちょっと楽しそうだな、と思ってたんです」

「それならいいんだけど。俺はちゃんと寝られるか心配だな」

「り……亮介くんは、バスの中だとあまり眠れないタイプなんですか？」

「修学旅行のバスだとだいたい周りが先に寝ちゃって暇になっちゃうんだよな。まあ、深夜バスだと真っ暗にしてくれるらしいから勝手は違うと思うけど」

と、そんなやりとりをしているうちにバスが到着した。

携帯の画面に予約確認書を表示し、係員に見せて座席位置を教えてもらう。亮介たちは横並びで10Aと10Bとのことだった。バスに乗り込むとすでに座席はちらほら埋まっていて、アイマスクをつけて熟睡している人なんかもいた。

「瑞穂は窓側と通路側、どっちがいい？」

「わたしは……どっちでも大丈夫です」

「俺も特にこだわりはないんだけど、それじゃあ通路側もらってもいいか？」

「あ、はいっ」

そうして席に着き、出発までの時間を待つことになる。

出発時刻までは十分ほどあり、その間に次々と客が乗り込んできたが――幸いにも亮介たちの後ろには乗客がいなかったため存分にリクライニングシートを倒すことができた。

「じゃあ、おやすみ瑞穂」

「はい……おやすみなさいです、亮介くん」

東京から目的地の神戸まで、所要時間はおよそ八時間である。

二時間置きにサービスエリアに立ち寄り二十分ほどの休憩をとるらしい。降りてトイレに行ったり飲み物を買ったりしてもよいし、自分の席で寝ていても構わないとのことだ。

バスが出発したあと瑞穂はあっという間に眠りに落ちていた。亮介も一応寝ようと試みてはいるのだが、懸念していた通りなかなか眠れないでいた。

「すう、すう……」

隣からは可愛らしい寝息が聞こえてくる。

亮介は目を瞑《つむ》ってぼおっとしていたが、少しして、左肩に何か重みを感じた。

見てみると、瑞穂が亮介の肩に頭を乗せるようにしてもたれかかっていたのだった。

（お、おいおい）

甘い香りとともに体温が伝わってきて、亮介の心臓は跳ねる。

起こすべきかとも思ったが、瑞穂の寝顔がとても気持ち良さそうなので邪魔することはできそうにない。

いたたまれない気持ちになっていたが、すると瑞穂の小さい体は更に亮介の方へと傾いてきた。そして最終的に、瑞穂は亮介の膝《ひざ》の上に頭を乗せるような恰好になってしまう。

ちょこんと体を丸め、亮介の膝を枕にして気持ち良さそうに眠る瑞穂。

さすがにこれはまずいと考え、起こそうとした亮介だが――

「消灯時間となります。これ以降降急用を除いてスマートフォン等の電子機器類のご使用はお控えください」

そんな車内アナウンスとともに、明かりが消えて車内は相当暗くなる。カーテンも閉められているので外の光が入ってくることもなく、周りもみんな就寝モードで物音すらほとんど聞こえなくなった。

とても声を出せる雰囲気ではない。

それに瑞穂の姿もよく見えない。

視覚が遮られるぶん、かえって瑞穂の体が触れる感覚が生々しく、亮介はドキドキが止まらなくなっていた。もはや眠気なんて吹き飛んでしまい……悶々《もんもん》とした感情と闘い続けることになってしまったのだった。

○

永遠とも思える悶々とした時間から亮介がようやく解放されたのは、最初のサービスエリアに到着したときだった。

駐車時のガタンという振動で瑞穂は目を覚ましたらしく、おもむろに体を起こした。

「……あ、あれ」

「サービスエリアに着いたぞ。一回降りないか？」

「（こくこく）」

寝ている人も多いため瑞穂にしか聞こえないくらいの小声でそう言うと、まだ寝ぼけた様子の瑞穂は虚《うつ》ろな目をしたまま小さく頷《うなず》いた。

そうしてバスを降り、駐車場を二人で歩く。

しんと静まった深夜だった。

大型トラックがたくさん停まっていて、思ったより駐車場には車が多かった。一面の暗闇の中でぽつんと明かりをともすサービスエリア、そして街灯の様子は、まるで別世界に来たような非日常的な光景である。

ただ残念ながら亮介はそんな雰囲気を楽しむ余裕もないほどに眠気と疲労に襲われていた。やつれた顔の亮介が大きな欠伸《あくび》をしているのを見た瑞穂は、思い出したように激しく赤面しながらおずおずと尋ねてきた。

「あ、あの……もしかしてわたし、亮介くんの方に倒れちゃってましたか？」

「ああ。何なら俺の膝を枕にしてたくらいだぞ」

「す、すみませんっ」

しょんぼりとうなだれてしまう瑞穂は、それからぺこぺこと頭を下げる。

「ふ、不快な思いをさせてしまいまして、なんとお詫《わ》びすればいいか……」

「まあ不快というか、単純に眠れなかっただけだけど」

「お……起こしていただいても、よかったんですよ？」

「あんまり気持ちよさそうに寝てたから起こせなかったんだよ。それに途中で消灯されちゃったし」

亮介は頬を掻きながら、やや逡巡《しゅんじゅん》気味に口を開いた。

「あー、それよりもう少し気をつけた方がいいぞ。俺だって一応男なんだから、何というかもうちょっと警戒してくれ」

するど瑞穂はきょとんとする。

言わんとすることが通じていないようなので、亮介はもっと直接的に言った。

「えーと、あれだよ。瑞穂みたいな可愛い女の子にあんなふうに密着されたら、変な気分になっちゃうだろって話」

「えっ……」

「もしかしたら、手とか出してたかもしれないんだぞ？」

眠気でろくに頭が回っていないせいもあって亮介の言葉選びは適切とは言いがたいものになっていた。一般論として忠告をしたつもりだったのに、これではまるで瑞穂に対して下心を持っていると宣言したようなものである。

瑞穂は少しの間、ぽかんとしていた。

だが言葉の内容を理解すると顔を真っ赤にして俯《うつむ》いてしまう。

それから顔を赤らめたまま恥ずかしそうにちょっとだけ目線を上げ、呟《つぶや》くように言った。

「……亮介くんだったら、いいですけど」

亮介は硬直してしまった。

沈黙。

しばしの静寂を経て、瑞穂は更に頬を紅潮させて慌てたように口を開いた。

「な、な、何でもないです……わ、忘れてくださいっ」

「お、おう」

とんでもない不意打ちだった。まさか瑞穂がそんなことを言うなんて。

しかし、今は深夜だ。時刻は午前二時、そして瑞穂はさっきまで熟睡していた寝起きの状態である。本心からの言葉というより寝ぼけて変なことを口走ってしまっている可能性が高いのだ。

（あ、あんまり気にしすぎない方がいいよな……？）

心臓が飛び出そうになっていた亮介は、必死に心を落ち着かせる。そうしているうちにサービスエリアの建物に到着した。フードコートや売店などは閉まっていたので自販機の並んでいる方向に歩いていった。

「と、とりあえず何か飲み物買うか」

「そ、そうですね」

「み、瑞穂はどれにする？」

「えっと……」

そしてお互いにぎこちない会話を交わしながら、飲み物を購入する。

亮介が選んだのは冷たい緑茶、瑞穂が選んだのは天然水だ。ごくごくと勢いよく飲むと体の芯《しん》まで冷たさが届いていくような感覚を味わうことができた。

その後、まだバスの出発時刻まで時間の余裕があったので、自販機の近くにあったベンチに腰かけて一休みすることになった。

夜空を見上げ、亮介はおもむろに口を開いた。

「深夜ってなんかいいよな」

「……どういうことですか？」

「こういう静けさが好きなんだよ。道路があるのに車はほとんど走ってなくて、屋台とか椅子があるのに人もいなくて、世界から他の人間が一人残らずいなくなったみたいな気分になるんだ。そういうのって、何かいいなと思って」

深夜というのはそれだけで非日常なのだ。

寂寥《せきりょう》感を催す、落ち着いた静的な景色。

しかし隣に座っていた瑞穂は、少しして堪《こら》えきれなくなったとばかりに噴き出した。

「どうした？」

「す、すみません。突然詩人みたいなことを言うのでちょっと面白くて」

「何だよそれ！　めちゃくちゃ恥ずかしいんだけど！」

羞恥《しゅうち》から思わず早口で突っ込んでしまった亮介。しかしそこで瑞穂は一転して少し真面目な表情になり、ゆっくりと話しはじめた。

「……わたしは、逆に深夜はちょっと怖いかもしれません」

「怖い？」

「はい。真っ暗で、何もなくて、一人ぼっちじゃないですか」

「そうか」

「でも、こうやって亮介くんと一緒にいたら怖くないです。一人じゃ、ないですから」

瑞穂は手を伸ばし、亮介の手のひらにそっと重ねた。そして照れ隠しのようににっこりと笑いかけてくれた。

亮介はびっくりしたものの、そのまま受け入れる。

瑞穂の手は柔らかく、そして温かい。

何ともいえない雰囲気になってしまった二人は——少しして、バスへと戻った。

バスに戻ってからは眠りにつき、目覚めた頃には朝になっていた。

目的地である神戸に到着した亮介たちはバスから降りたあと在来線に乗って再び移動することになった。電車に三十分ほど揺られ、降りたところが二人の目指した街である。

「おおーっ、着いたな！」

「は、はいっ」

海辺の街というだけあって駅のホームからも海の景色が見える。

潮風がすうっと吹き飛んできて、すごく気持ちいい。

改札口まで歩くと、壁には『まじくろ』のタイアップイベントに関連するポスターが大量に貼られていた。その横には何と夏野三葉の等身大パネルも置いてあり、そのおかげで瑞穂はさっそくテンションを上げていた。

「あ、あの……亮介くん、写真撮ってもらえませんか」

「パネルと並んで撮るってことか？　いいぞ、ちょっと待ってくれ道具出すから」

「あっ単に記念として撮りたいだけなので、スマホで大丈夫です」

「そうか。わかった、じゃあ撮るぞ」

そうやって一枚記念撮影をしたあと亮介たちは改札を出た。改札前の広場や時計台はアニメに出てくる景色そのままで、亮介の方も楽しい気分になってきた。

「今八時過ぎか。これからどうする？」

「えっと、観光案内所で九時から限定グッズの販売があるらしいので……その前に朝食、すませておきませんか」

「そうだな。ちょうどそこにコンビニあるし、適当に買っていくか」

「あ、いえ……実はいい場所があるんです」

「いい場所？」

瑞穂は事前にリサーチをすませていたらしい。

反対する理由もないので、亮介は瑞穂の案内に従うことにした。

アニメでは三葉たちが駅前を通るシーンがよく出てくるが、今歩いている道はその作画と全く同じ道だった。歩きながら「この横断歩道で信号に引っ掛かったせいで遅刻してたよな」「……この並木、戦乙女の戦闘で全部なぎ倒されてましたよね」などと会話が弾む。

そうして数分経って瑞穂は足を止め、にっこりと笑みを浮かべた。

「ここ、です」

「あっ、見たことあるぞここ！　三葉がよく友達とだべってた喫茶店だよな」

「（こくこく）」

「あの店もモデルあったのか……」

さすがに店名は違ったが、外観はほとんど同じだった。観葉植物と手書きのメニュー、レトロ感漂う白い看板、そして不恰好《ぶかっこう》に置いてある室外機。一目見ただけでモデルになっている店だとわかった。

朝八時からモーニングの営業をやっているとのことで、店内に入ると気のよさそうなおじさんが亮介たちを出迎えてくれる。

「いらっしゃい。二人かい？」

「あ、はい！」

「まだお客さん来てないから、好きな席に座ってくれ」

そう言われたので亮介は店の中をぐるりと眺めてみた。

内装もアニメとほぼ同じで、テーブル席が五つとカウンター席が六席という構造だ。

ただ一つだけ違うのは入口の脇にあるちょっとしたスペースだ。棚には『まじくろ』関連のグッズが大量に並んでいて、その横には額縁に入った作者直筆のサインが飾られている。瑞穂はそれを見て目をきらきらと輝かせていた。

「ああ、それが気になるか？」

店員に尋ねられ、瑞穂はこくこくと首を縦に振る。

「そこのグッズは店に遊びに来てくれたファンの人たちが置いて行ったものを並べてるんだよ。みんな色々持ってきてくれるもんでね」

「そうなんですか。サインの方は作者さんがこの店に遊びに来たんですか？」

「あーそのサインは『まじくろ』が連載になる前に置いて行ったんだ。あの人、一番奥のテーブル席で朝から晩まで連載ネーム考えてたからね」

亮介の問いに対し、店員は肩をすくめてみせた。

「それじゃあ作者さんってこの街の出身なんですか？」

「いやそういうわけでもなくてね。ボツ続きで気分転換するために全国を放浪する旅をしてたけど、この街を歩いてるときにアイデアが閃《ひらめ》いたからってずっと連泊して描きあげていったんだよ」

「は、はあ……」

「ネームが完成する間際には貯金が底を突いたらしくて、今日のお代はこのサインでチャラにしてくれないかって言い出したんだ。絶対有名になるから持っておけば価値が上がるってね」

「そ、そうなんですか」

「まさか本当に人気漫画家になってこの店にお客さん呼んでくれるとは思いもよらなかったけどね。ははは っ」

思わぬ裏話に、亮介と瑞穂は思わず顔を見合わせてしまった。瑞穂もこの喫茶店が『まじくろ』という作品の誕生した場所だとは知らなかったらしい。

一方、亮介たちを『まじくろ』のファンだと知った店員は奥から持ってきた紙を差し出してきた。特別メニューの載っている一枚だけのメニュー表だった。

「二人にはこれをおすすめするよ。この週末に合わせて用意したメニューなんだ」

「えっと……〈三葉のモーニング〉ですか？」

「ああ。作中に出てくる夏野家の朝食を再現したのさ」

「おおーっ！」

亮介は感嘆の声を上げ、即決した。

「俺はこれにします。瑞穂もこれにするか？」

「（こくこくこくこく）」

「じゃあ、〈三葉のモーニング〉二つでお願いします」

「はいよー。少々お待ち！」

威勢のよい声をあげて店員が厨房《ちゅうぼう》へと引っ込んでいくと、亮介たちはせっかくだからと作者が原稿を描いていたという奥のテーブル席に座った。楽しくて仕方ないのかずっとにこにこしている瑞穂だが、待っている間にノートを取り出した。

「何するんだ？」

「え、えっと、改めて今日の予定を確認しておこうと思いまして」

「そういえば撮影すること以外は詳しく聞いてなかったな。教えてもらってもいいか？」

「は、はいっ。基本的には名シーンの舞台になった街のあちこちで撮影をするんですが、お昼にはイベントの目玉があるので……それには行きたいなと」

「目玉？」

「はい……夏野三葉の声優、赤羽《あかばね》花音《かのん》さんが登場するトークイベントがあるんです」

「へーそうなのか」

亮介は全然声優に詳しくないため、反応は少し薄いものになってしまう。

「有名な人なのか？」

「そ、そうですね……かののんって愛称で呼ばれてるんですけど、現役女子高生声優として注目されてる方で、歌も演技もすごく上手なんです。しかもとっても可愛くて」

「なるほど。すごい人なんだな」

「は、はいっ」

前のめりになってそう言った瑞穂は、そのあとちょっと照れくさそうに続けた。

「そ……それと、Twitter をフォローしたら、この前フォローを返してくださって……すごく嬉《うれ》しかったんです」

「確かに、それは嬉しいな」

「なので……ぜひ生で見てみたいです」

と、そんな話をしているところに〈三葉のモーニング〉が運ばれてきた。

洋風モーニングといった趣で、カリカリに焼いた食パン、ベーコン、目玉焼き、カットトマトの載ったサラダ、コーンスープ、そして三葉お気に入りのいちごジャムの瓶まで用意されている。

食べてみると再現度が高いだけではなく、味の方もめちゃくちゃ美味《おい》しかった。そうして聖地での朝食は大満足で終わったのだった。

○

「えっと、それじゃあ着替えてきますね」

「了解。ここで待ってるぞ」

「(こくこく)」

朝食を終えた亮介たちは街の観光案内所へと赴いていた。

二階建ての建物はタイアップイベントのサブ会場となっており、限定グッズの販売や原画等の展覧会などが行われる場所だ。

二人が着いたときには既にそこそこの行列ができていてグッズが購入できるか不安だったが、何とか欲しいものを手に入れることができた。それから二階の小会議室前にやってきたのが今である。

イベントはコスプレでの参加も歓迎とのことで、小会議室が特別に更衣室として開放されていたのだった。

亮介が丸椅子に座って待っていると、元気いっぱいの瑞穂が姿を現した。

「お待たせしましたーっ！　行きましょう、亮介くんっ！」

「おう。あれ、荷物はそれだけなのか？」

「はい！　スーツケースは邪魔になるのでコインロッカーに預けてきました！」

買ったばかりの限定グッズである小さなトートバッグに必要な荷物を詰めた瑞穂。

そのコスプレ姿は、以前撮影したときよりも更に磨きがかかっていた。

メイクやウィッグといった細かいところを調整してきたらしく一段と再現度が上がっている。今まで見てきたコスプレの中でも最高の再現度と言って過言ではないほどの、圧巻としか言いようのない仕上がりだった。

「それじゃあ移動するか。最初はどこに行く？」

「メインイベントの海は夕方になりますし、午前中は街を歩きながらよさそうなスポットを見つけたら撮るという感じでいいと思いますっ！」

「わかった。それなら最初は適当に歩いてみるか」

「そうですね！」

瑞穂は相当なハイテンションになっている。スキップしながら『まじくろ』のオープニング曲を口ずさむという具合だ。

観光案内所を出て歩いている途中、すれ違う人たちから瑞穂は相当注目されていた。それも無理のない話でイベントに訪れているのは全員『まじくろ』のファンなのだ。そんな人たちが夏野三葉を三次元にそのまま具現化したような瑞穂の姿を見れば、惹《ひ》かれてしまうというわけである。

しかし瑞穂はそんな視線を気にする様子もなく、終始嬉しそうに笑っていた。

そして往来の多い通りを離れると、少し離れたところに高台を発見した。

「あっ！　亮介くん、あの高台って十話で三葉たちが街に潜伏した黒薔薇《くろばら》協会の戦乙女たちを捜すために上った場所ですよっ！」

「そういえばそんなシーンあったな……それじゃあ撮りに行ってみるか？」

「行きたいです！」

というわけで亮介たちは長い階段を上り、高台までやってくる。

そこからの眺望は見事なもので、青い海とともに街全体が一望できる非常に見晴らしのよい場所だった。

瑞穂はとたとたと駆けていくと、ぽんぽんと金属製の柵《さく》を手で叩《たた》いた。

「この柵にもたれかかって街を眺めてる、って感じの写真が撮りたいです！」

「オッケー。ちょっと道具の準備するから待ってくれ」

「はいっ！」

担いでいたカメラバッグを下ろした亮介は中身を開けて必要なものを取り出した。

そうして写真の構図をイメージしてみた。聖地に行くことが決まってから莉子に駆け込みで屋外撮影のテクニックを教えてもらったので、それを活用させてもらう。

「順光が青空で綺麗《きれい》だけど、顔に影ができそうだから日中シンクロ使ってみるか……」

「わたしの立ち位置、ここでいいですか？」

「ああ。ちょっと離れて撮るからその位置をキープしててくれ」

「わかりましたっ！」

瑞穂は弾《はじ》けるような笑顔とともにピースサインを作ってみせた。

撮影に入る準備を整えた亮介は、一眼レフを手に構えて瑞穂に向けたのだが――

そのとき海辺の方から強い風が吹き上げてきた。

ピンクと白のスカートは、ぱあっと捲《まく》り上げられてしまい。

そして、その結果。

「……あっ」

瑞穂の穿《は》いているパンツが、しっかりと見えてしまった。

「亮介くん……」

「ご、ごめん！　これは不可抗力というか……見るつもりはなくて」

海辺の街ならではの潮風によって引き起こされた事故。

じいっと見つめてくる視線に非難の意が込められていると思った亮介は慌てて弁解を試みたのだが、その次に瑞穂の口から出てきたのは予想とは百八十度違う内容だった。

「このパンツ、どう思います？」

「へ？」

「実はすっごく悩んだんですっ！　作中では三葉のパンツって出てこないので三葉が穿いてそうなパンツを色々と考えてみたんですけど……やっぱり衣装の色がピンクと白っていうのと、三葉ってちょっと子供っぽくて可愛らしいものが好きなので、これを選んでみたんですよ！」

「は、はあ……」

そう力説する瑞穂が穿いていたのはいちご柄のパンツである。

白の地にいちご模様がたくさん並んでいるパンツだ。

それは今もしっかり脳裏に焼き付いていたが——まさかパンツ選びの感想を聞かれるとは思わず、亮介は呆気《あっけ》に取られてしまっていた。

「えっと、確かに三葉がいちごのパンツ穿いてるって解釈は面白いしありだと思うけど」

「そうですよねっ！」

「それはそれとして……あの、俺にパンツ見られて恥ずかしいとかはないのか？」

「あっ」

すると瑞穂は初めて気が付いたとばかりにぱっと口元に手を当て、それからあっという間に顔を紅潮させて顔を逸《そ》らしてしまった。レイヤー魂全開で羞恥心《しゅうちしん》の方がお留守になっていたらしい。

「い、一応、衣装の一部とはいえ……恥ずかしい、ですね」

「お、おう」

「すみません！　やっぱり見なかったことにしてください！」

「わ……わかった」

顔を両手で押さえて恥ずかしがっている瑞穂を見ていると、亮介の方まで恥ずかしくなってしまった。

瑞穂はぎこちない表情のままぱんと手を叩き、ごまかすように言う。

「さ、撮影しましょう！　もう強風は来ないと思いますし！」

「そ、そうだな」

だが海辺の街で潮風が吹くのは珍しいことではない。

結局、瑞穂はその後も何度かラッキースケベな強風に襲われることになるのだった――

○

ハプニングには見舞われたものの何とか午前の撮影を終えた亮介たちは、軽く昼食をすませてから公民館へとやってきていた。

公民館はタイアップイベントのメイン会場であり、表にはスタンプラリーの受付やら出店やらが並んでいる。その横では二人の目当てであるトークショーの整理券配布が行われていた。

「うわーっ、すごい人だかりですね！」

「本当だ、このぶんだと抽選になりそうだな……」

公民館ホールは立ち見を含めても二百人程度の収容力しかなく、それを超える希望者が集まった場合は抽選となる。

しかし公民館の前にできた人だかりはそれを大幅に超える人数だった。

運営側は多めに見積もっても三百人程度しか来ないだろうと高を括《くく》っていたらしく、想定以上の客数にてんてこ舞いになっていた。三百よりも上の番号は手書きの整理券が配られている有様で、瑞穂曰《いわ》く「かののんの人気を見くびりすぎです！」とのことだ。

「うーん、倍率は三倍くらいになりそうだな」

「外れてもパブリックビューイングは用意してくれているらしいですけど……やはり、生で見たいですよね！」

「そうだな。当たるといいな」

「はいっ！」

とりあえず整理券を貰《もら》ったあとは抽選発表まで手持ち無沙汰《ぶさた》なので、時間を潰《つぶ》すために屋台でも見ていようという話をしていた二人だが――

公民館の前は今、イベント来場者が一堂に会していると言っても過言ではない状況だ。先ほど観光案内所から街に向かったときよりもはるかに人の目が多いわけで。

瑞穂は、注目を集めまくっていた。

「あのレイヤーさんやばくね？　そっくりってレベルじゃねーぞ」「ほんとだ、まんま三葉ちゃんだ」「俺の嫁がついに次元を越えてやってきたというのか？」「めちゃくちゃ美少女だな」「たぶんサクラっていう有名コスプレイヤーだよ。俺Twitterフォローしてた気がする」「ちょっとお前声かけてこいよ」「いや無理無理、何かオーラがやべーよ」

四方八方から、瑞穂を話題にした会話が聞こえてくる。その中には瑞穂のことを知っている人もちらほらいるようだった。

ずっと一緒にいると感覚が麻痺《まひ》してしまうが、コスプレイヤーとして十万人のフォロワーを抱える瑞穂は界隈《かいわい》ではちょっとした有名人なのである。

そしてそのうち瑞穂のもとに、声をかけにくる人が現れた。

瑞穂と同じように聖地でコスプレするため遠方からやってきた女性レイヤーである。

「あの、すみません、サクラさんですよね」

「あ、はい！」

「もしよろしければ……併せ、一枚だけでいいので撮らせてもらえないでしょうか？」

「こちらこそぜひっ！　じゃあ写真の方お任せしていいですか、亮介くん？」

「了解。構図だけ決めといてくれ」

そうして撮影をすると、それを皮切りに暇を持て余した来場者たちが続々と瑞穂のもとにやってきた。一緒に写真を撮ってほしいと頼む人はコスプレイヤーだけではなく一般の来場者も多く、瑞穂はテーマパークのマスコットのような存在になっていた。

いつの間にか行列が形成されており、順番に写真を撮っているうちに、抽選結果が発表される時刻となった。

亮介たちは撮影を切り上げ、掲示板へと向かう。

ポケットから整理券を取り出し、自分の番号があるかを確認してみた。

「おっ、あったぞ！」

亮介は早々に自分の番号を見つけ、隣の瑞穂へと目をやった。

しかしそうすると、瑞穂は愕然《がくぜん》とした表情で掲示板と手元の整理券とを何度も交互に見返していた。

「……な、ないです」

そして、がっくりと肩を落としてしまった。

よほど楽しみにしていたのだろう。

呆然《ぼうぜん》と立ち尽くす瑞穂を見て、亮介は咄嗟《とっさ》に提案していた。

「えっと瑞穂、俺の整理券譲ってもいいぞ？」

「え？　いいんですかっ……」

瑞穂は一瞬ぱあっと顔を輝かせたものの、すぐに思い直したようにぶんぶんと首を横に振ってみせた。

「や、やっぱりだめです！　それは亮介くんが当選したものですから！」

「でも瑞穂、めっちゃ楽しみにしてたんだろ？　俺はそこまで強い思い入れがあるわけじゃないからさ」

「いえ、そんなの申し訳ないですっ！　受け取れないですっ！」

両手でバッテンして固辞する瑞穂。どうしても受け取る気はないようなので亮介もそれ以上言うのは諦《あきら》めた。

だが瑞穂を置いて一人で会場に入るというのは亮介としても気が進まなかった。それに先ほどまでの注目ぶりを考えれば、パブリックビューイングの方に回った瑞穂が周りから色々と絡まれるのも容易に想像がつく。

亮介は手元の整理券と睨《にら》めっこしていたが、やがて口を開いた。

「なあ、やっぱり今から撮影しないか？」

「えっ？」

「どうせトークショーの方には二人一緒に入れないんだから、それなら撮影したいなと思って。せっかく聖地に来てるんだから時間があれば撮りたいものは山ほどあるわけだし」

すると瑞穂は驚いたように目を見開いて、それから嬉《うれ》しそうに顔を綻《ほころ》ばせた。

「亮介くんがそれでいいなら、わたしも賛成ですっ！」

「じゃあ、そうするか」

そうして亮介たちは公民館に背を向けて歩き出した。

しかし――

曲がり角を曲がると、向こう側から全力で駆けてくる女の子とばったり遭遇した。

「うわあああっ！　危なあああい！」

帽子にサングラス、黒いマスクという怪しすぎる恰好《かっこう》をしていた女の子は、亮介たちを視認するなり大きな声をあげた。

だが勢いが止められなかったらしく、咄嗟のことでよけきれなかった瑞穂と正面からぶつかってしまう。

二人揃《そろ》って尻餅《しりもち》をつくことになり、その女の子はぶつかった衝撃で落ちたサングラスを慌てて拾った。

「ご、ごめんねっ！　道に迷って遅刻しそうになっちゃったから、急いでて……」

「だ、大丈夫です……って、えええっ⁉」

瑞穂は地面に手をついて立ち上がったが、そこで何かを察したように口元を押さえた。

「も、もしかしてっ」

「しいいいっ、騒ぎになるとマネージャーさんに怒られちゃうから」

「あ、はい！　すみません！」

恐縮しきったようにぺこぺこ頭を下げる瑞穂。一方の亮介は状況が理解できなかったので瑞穂に耳打ちした。

「えっと、この子は誰なんだ？」

「さっきお話しした、かののんさんですよ！」

「え、まじで？」

「ほんとは一時間前に着いてる予定だったのに……紛らわしい駅名があるんなら先に言っ

てほしいよね！　反対方面に乗っちゃったよ！」

どうやら花音は電車を間違えてトークショーに遅刻しそうになっていたようだ。

走った勢いが止められず瑞穂とぶつかってしまうあたりからしても、この少女はちょっとドジなところがあるらしい。

そんな花音はサングラスをかけ直してから改めて瑞穂の方を見て、感嘆の声をあげた。

「うわあっ、今気づいたけどすごいコスプレだね！　三葉そっくりだよ！」

「そ、そうですか？」

「何か、どこかで見たような……あれ、もしかしてサクラさん？」

「ええっ？　わ、わたしのことわかるんですか？」

「Twitter の方でフォローしてるからね、よく見てるよ。どのキャラもびっくりするような再現度だから印象に残ってたんだ」

「こ、光栄ですっ！　ありがとうございますっ！」

感激したように顔を綻ばせる瑞穂に対し、花音もにっこりと笑う。

「私、コスプレに興味あったんだよね。もしよかったら今度教えてくれないかな？」

「え？　は、はいっ！　それはもう、ぜひっ！」

「本当に何もわからないし初歩の初歩から聞いちゃうことになると思うけど……」

そんなふうに話し始めた二人だが、隣で見ていた亮介はそこで横から割って入った。

「えっと、花音さん。その……時間は大丈夫なのか？」

「ああっ！　そうだ、私急いでたんだった！」

と、思い出したとばかりに手を叩《たた》く花音。

「もう行かなきゃ……あれ、そういえば二人はトークショー見に来てくれたの？」

「行きたかったんですが、実は抽選で外れてしまいまして」

「そっかそっか、当日の抽選って言ってたもんね」

こくこくと頷《うなず》いた花音は、ちょっと考え込むような仕草をとってから口を開いた。

「でもそういうことなら、さっきぶつかっちゃったお詫《わ》びも兼ねて関係者席用意しよっか？　マネージャーさんが確か空いてるって言ってたし」

「……い、いいんですか？」

「その代わり、約束だよっ！　今度コスプレ教えてねっ！」

気さくな笑顔で花音はそんなふうに言う。

そんなわけで亮介たちは、予想外の形でチケットを手に入れることができたのだった。

思わぬ出会いのおかげで入ることのできたトークショーだが、とても面白かった。

二時間があっという間に感じられるほどの密度の濃い内容で、最後には花音がエンディング曲を生歌唱するというミニライブも行われた。観客の一部は持参したペンライトを振り始める熱の入れようだった。

トークショーが終わって公民館の外に出ると、瑞穂は大きく伸びをした。

「いやー、もう満足ですっ！　来た甲斐《かい》がありましたっ！」

「おいおい……まだメインイベントが残ってるだろ」

「そ、そうでしたね」

瑞穂はぺろりと小さく舌を出し、頭をかいてみせる。

二人が聖地までやってきた目的はあくまでも生誕祭で投稿する写真を撮ることだ。

そして亮介たちが一番撮りたいのは、夕方の海をバックに三葉が勝利宣言として高らかに杖《つえ》を掲げるという作中屈指の名場面として知られているシーンを再現した写真だった。

「どうする？　まだ夕方には少し早いけど、そろそろ移動するか？」

「そうですねっ！　海辺の方までは意外と距離ありますし！」

方針を決めた二人は並んで歩き始める。

公民館から二十分ほど歩いたところで真っ白な砂浜へと辿《たど》り着いた。

海辺に来たと実感させられる潮の匂い、ぱしゃんぱしゃんと規則的に響く波の音。

砂浜へと続く石階段を一歩ずつ下りて、下までやってくると——

そこに広がっていたのは、絶景だった。

「……きれいな海だな」

「……ですね」

九月末日。海水浴のシーズンは終わっているから、海辺は閑散としたものだった。犬の散歩をする人、釣り人、あとは亮介たちと同じく撮影をしに来たコスプレイヤーが何組かいるくらいだ。

徐々に赤らんでくる西空のもと、遠くの水平線が鮮やかに視界へと映った。どこまでも爽《さわ》やかな景色が広がっている。

波打ち際の方まで歩いてきた二人は少しの間ぼんやりと遠くを眺めていたが、やがて本題であるコスプレの話へと戻った。

「写真を撮るのは、夕日がちょうど水平線上に来たときだよな。タイミングはかなりシビアだから立ち位置とか撮る角度とか全部決めとかないとな」

「そうですね……まだ時間はありますし、せっかくなら原作と全く同じ構図を再現できるように頑張ってみませんか？」

「そうだな。やってみるか」

「実はそのために単行本を用意してきたんですっ！」

「用意がいいな。よし、じゃあちょっと見てみるか」

二人で単行本の絵をじっくりと見たのち、構図決めの作業が始まった。

カメラの位置と瑞穂の立ち位置をそれぞれ検討し、何度も試し撮りしては確認する作業を繰り返す。そんななか、コスプレイヤーとしての瑞穂のこだわりの強さが前面に表れていた。

「うーん、ちょっと違いますね……」

「ここも微妙に違う気がします」

「太陽の位置がずれちゃうと思うので、もう少し右じゃないですか？」

「奥の島も写り込むようにしたいです！」

瑞穂からたくさんのダメ出しを受け、亮介からも意見を出しながら、少しずつ修正していって最終的に位置が決まるまでには三十分近くかかっていた。

一眼レフの設定や補助機材の準備もすませると、そのまま撮影のスタンバイに入る。

杖を手に持った瑞穂がとたとたと自分の立ち位置に向かう途中——

（やっぱり……こっちの方が、いいな）

亮介は、そんな率直な感想を心に抱いていた。

あの日以降初めての撮影だが、瑞穂は変に遠慮するのをやめるようになった。違うと思ったら違うと言ってくれるようになった。

そうしてお互いに意見を出し合い擦り合わせ、理想の写真へと近づけていく。一つの作品を二人で作り上げていくのだという感覚が今までよりも強く感じられて、楽しかった。

瑞穂とコスプレ写真を撮り始めてちょうど一か月となるが、この撮影は今までの集大成とも言える撮影になるのかもしれない。初めて撮影をした日から、亮介も瑞穂も、様々な意味で変わったのだった。

「亮介くん、いいですよっ！」

「おう。じゃあ、撮るぞ。三、二、一……」

カシャリ、と小気味いい音が鳴る。

それから何枚か連続で撮影して、瑞穂は掲げていた杖を下ろした。そして亮介の方へと、歩いてきた。

「どうですか？　撮れましたか？」

「ちょっと待ってくれ。確認してみる」

撮れた写真を画面に表示してみた亮介は、思わず、言葉を失ってしまった。

鮮やかな青い海、真っ白な砂浜。

そのバックにはちぎれ雲が浮かび、空全体が柔らかい赤に染まっている。

そして燃えるような夕日が水平線へと吸い込まれていこうとしているなか――

瑞穂、いや三葉が、まっすぐな目をしたまま高々と杖を振り上げていた。

それはまさに、原作をそのまま三次元の景色として切り取ったような、そんな写真で。

亮介が思い描いていた理想の写真……それを上回るような、奇跡の一枚だった。

「えっと、瑞穂。これ見てくれ」

「はいっ」

カメラを受け取った瑞穂は画面に映っている写真をじっと見て、しばらく固まっていた。

思わず見入ってしまったという様子で、何秒も、何十秒もそのまま見つめていた。

ようやく顔を上げた瑞穂は、亮介の方にゆっくりと視線を向ける。

そして、今まで見た中でも最高の笑みを浮かべ――こう、言ったのだった。

「ありがとうございます亮介くん。これがわたしの撮りたかった、最高の写真ですっ！」

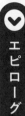

#SNS #Superpopularity #Cosplayer
#Classroom #Shyness #Unpainted-face #Cute

エピローグ

旅というのは楽しい反面、疲労が溜《た》まるのもまた事実である。

あまり熟睡できない深夜バスでの往復という事情も手伝って、亮介《りょうすけ》は朝帰ってきて風《ふ》呂《ろ》に入るなりそのままベッドにもぐりこんでいた。

「おーい亮介、起きなー！」

そして夏帆《かほ》から頬をつねって乱暴に起こされたのが、昼過ぎのこと。

「いてて……何だよ」

「亮介にお客さん来てるから起こしにきてあげたんだよー。表に二人、可愛い女の子が来てるから早く行ってあげな」

「え？　あ、やばい！　ありがとう姉さん」

時計を見るとすでに一時を回っていた。約束の時刻を少し過ぎている。

慌ててベッドを飛び出した亮介が一階まで下りて玄関へと出ると、そこにはちょっとした荷物を抱えた杏奈《あんな》と莉子《りこ》の二人が立っていた。

「こんにちは、亮介君」

「やっほー！　久しぶりだね！」

「ごめんごめん。待たせちゃったか？」

亮介がそう尋ねると二人は顔を見合わせ、それからくすくす笑う。

「あなたのお姉さんがすぐ呼んでくれたからほとんど待ってはいないけれど……それより、本当に寝起きなのね」

「すごい寝ぐせになってるよー、亮介くん」

「ま、まじで？」

頭を触ってみると、確かにかなり髪の毛がはねているのがわかった。亮介は恥ずかしさをごまかすように二人の前に来客用のスリッパを差し出す。

「と、とりあえず上がってくれ。ちょっと部屋散らかってるけどそれは勘弁な」

「りょーかーい！」

そうやって階段を上り、二人は亮介の部屋にやってきた。

座布団を用意してくつろいでもらったところで、亮介はお礼の言葉を口にした。

「えっと、今日はわざわざ来てもらってありがとうな」

亮介が言う通り、莉子と杏奈はただ遊びに来たわけではない。これから始まるちょっとしたサプライズの準備を手伝ってもらうため、亮介が呼び出したのだった。

「いいよいいよー。ボクもサクラちゃんともっと仲良くなりたいなーと思ってたし、こういうサプライズも楽しいもんね！」

「あたしも、むしろ声をかけてくれて嬉《うれ》しいわ」

「お、おう。そう言ってくれると何よりだ」

「それよりも三葉《みつは》のコスプレ写真見たわよ。すごかったわね」

「え？」

さらりと言ってのけた莉子に対し、亮介は思わず聞き返してしまう。

「もしかして、もう投稿してるのか？　瑞穂《みずほ》は」

「うん。まだ見てないなら、亮介くんも見てみなよ！　サクラちゃんのアカウント」

「ああ……」

昨日撮った写真は、レタッチをすませた上で生誕祭当日である今日中に投稿すると瑞穂から聞いてはいた。

とはいえ、帰ってきてから二人が来るまでずっと寝ていたくらいだ。瑞穂のアカウントを確認するタイミングもなかったわけで、すでに投稿されているというのは初耳だった。

だから亮介は慌てて携帯を取り出し、投稿を見てみたのだが——

その反響を見て、絶句していた。

「うおおおっ…………」

今まで見たこともないような反響の大きさだったのだ。

瑞穂のアカウントは十万以上のフォロワーを抱えているし、投稿に反応してくれる人の割合もかなり高い方だと思う。だから普段の投稿でも安定して相当な反響が届くのだけど、さすがにここまでの勢いは見たことがない。

というのも投稿からわずか数時間で、「いいね！」が五桁《けた》に達しているのである。

バズりの大台ともいえる、一万をすでに超えていた。

しかも勢いは止まることなく、更新するたびにその数が大きく増えていく状況だ。

リプライ欄を見てみるとコスプレイヤーのファンだけでなく、原作である『戦乙女まじかる☆くろーばー』のファンもたくさんのコメントを寄せてくれているのがわかる。絶賛の声ばかりで、亮介は喜びよりも混乱の方が強くなっていた。

「ど、どうなってるんだこれ？」

「やっぱり生誕祭に合わせて投稿したのがよかったわね。『まじくろ』は人気沸騰中のコンテンツだから、ハッシュタグ効果で原作ファンの目にとまって大きく伸びてるみたいだわ」

「声優のかののんが拡散してくれてるのも効果が大きいみたいだねー」

「……な、なるほど」

二人の冷静な分析に思わず頷《うなず》いてしまった亮介。と、そこで莉子はにっこり笑ってから再び口を開いた。

「でも一番の理由は、やっぱり写真のクオリティだと思うわ」

「そ、そうか？」

「桜宮《さくらみや》さんのコスプレはいつも見事なものだけど……今回の三葉について言えば、本当にキャラクターが二次元から飛び出てきたんじゃないかって思うくらいの驚異的な再現度だったわ。聖地で撮影してるのもあって原作の一シーンをそのまま切り取ったみたいよ」

莉子はそこまで言うと言葉を切り、今度は亮介のことも褒めてくれる。

「それに、撮影の技術もなかなかのものじゃない」

「……ありがとう。直前に色々と教えてもらったのが活《い》きたよ」

改めて自分で見返しても良《い》い一枚が撮れたと思う。仮にカメラを構えていたのが莉子ならばもっと優れた一枚が撮れたのかもしれないけど、今の自分の力量ならばこれほどのものが撮れるなんて望外の結果というほかかない。

ずっと感慨に浸っていられそうだったが、しかしそこで亮介は今日の本題を思い出す。

「そうだ、この話はこれくらいにしておいて……そろそろ準備始めないとな」

「そうだねー。ボクは部屋の飾りつけをやるよ」

「あたしはキッチンを借りるわ。場所だけ案内してもらえるかしら」

そうして、とあるサプライズのための準備が始まる――

○

三人が準備を始めてから二時間ほど。

やるべきことは全て完了し、あとは来客を待つだけとなっていた。

そんな万全の状態が整って五分ほど経ったところで、玄関のインターホンが鳴った。

「こ、こんにちは。亮介くん」

表に出てみると、そこに立っていたのは瑞穂だ。モカベージュのニットトップスにグレーのロングスカートという気合いの入った私服を着ていた。亮介が出てくるのを見ると可愛く破顔し、ぺこりと挨拶《あいさつ》をする。

「朝ぶりだな。来てくれてありがとう」

「い……いえ。打ち上げするんですよね？　た、楽しみです」

「ああ。とりあえず上がってくれ」

瑞穂には撮影旅行の打ち上げをしようと伝え、来てもらったのだ。とはいえそれならば莉子や杏奈を呼ぶ必要もないわけで、この理由はある種の方便というか、瑞穂を呼び出すための口実であった。

「えっと、それじゃあお邪魔しますね……」

そうして亮介の部屋へと入っていった瑞穂は。

ぱんぱーん、と左右からのクラッカーで出迎えられた。

亮介が続いて入ると、目の前には『桜宮瑞穂♡生誕祭！』という無駄に凝った横断幕が掛けられ、他にも女子力高めの可愛らしい装飾が部屋中に施されていた。おかげで殺風景な男の部屋は別物のように生まれ変わっている。

「………あ、あれ？」

状況が理解できないとばかりに、瑞穂はただ目をぱちくりさせていた。

そこに歩み寄ってぎゅっと抱き着いたのは、杏奈だ。

「お誕生日おめでとー、サクラちゃん」

「あ、え、ありがとうございます。杏奈さん」

瑞穂はお礼の言葉を口にしたものの、すぐに困惑しきったような表情で亮介の方に視線を向けてきた。

「え、えっと亮介くん……どういうことですか？」

「撮影旅行の打ち上げっていうのは嘘なんだ。瑞穂の誕生日会をやろうと思って、莉子と杏奈にも来てもらってこうやって準備してたんだよ」

するとと瑞穂は驚いたように目を見開き、それから不思議がるように首を傾げた。

「わ、わたしの誕生日なんて……教えたこと、ありましたっけ？」

「三葉のキャラクターを説明してるときに言ってただろ。自分と誕生日が同じなのも親近感を覚えるって」

「あっ」

瑞穂は自分の発言を思い出したようで、はっとしたように手を口に当てた。それから顔を真っ赤にして照れてしまう。

「お、覚えていてくれたんですね」

「とりあえず座ってくれ。色々と準備してあるから」

「ケーキも用意してるわよ。あたしが焼いたものだから味の保証はしないけれど」

「うわあ……す、すごいです」

白い箱から出てきた立派なチョコレートケーキに、瑞穂は感嘆の声をあげた。

チョコレートの甘い香りが部屋中に広がり、食欲がそそられる。莉子はケーキの上に十六本のカラフルな蠟燭《ろうそく》を立てて火をつけ、杏奈はそれに合わせてカーテンを閉めて部屋の電気を消した。そしてハッピーバースデーの歌に合わせ、瑞穂はぎこちなく蠟燭の炎を吹き消した。

「じゃあ、切り分けるわよ。お皿こっちに持ってきてもらえるかしら」

そうして莉子はケーキナイフで切り分けると、一切れずつ皿に載せて配ってくれた。店で買うのと遜色《そんしょく》ないようなクオリティに一同驚かされてしまう。

そのあと亮介たちがそれぞれ用意してきたプレゼントを瑞穂に渡し、一つずつ包み紙を開けてもらった。そうして一通り誕生日会としてのイベントをこなすと、瑞穂は、感極まったようにうっすら目に涙をためていた。

「あの……本当に、あ、ありがとうございますっ」

本当に嬉しそうに、瑞穂は泣きながら笑う。

「こんなふうに友達に誕生日を祝ってもらうのははじめてで……その、ちょっと涙出てきちゃいました。あの、これからも仲良くしてくれると、嬉しいです」

その言葉に、三人とも当たり前のようにこくりと頷く。杏奈はにっこりと微笑んでから逆にお願いを口にした。

「こちらこそまた今度一緒に併せしてくれると嬉しいな！　今回の三葉コスプレでフォロワーが何千人も増えてて、どんどんコスプレイヤーとしてサクラちゃんが遠い存在になっていくからちょっと誘いづらかったんだけど」

「と、とんでもないですっ。いつでも大歓迎なのでぜひ誘ってください」

杏奈はピースサインを作ってみせる。

「やったー！　何のアニメやる？　せっかくだし新しいシリーズやらない？」

「い……いいですね。まだ観てない作品を対象にするのも面白そうです」

「それなら今度みんなで合宿でも開くのはどうかしら？　あたしの家を使って構わないから、一晩かけてアニメを二クールぶん完走してみるのよ」

するとと横から、莉子はそんな提案を口にした。杏奈はうんうんと頷き、瑞穂は合宿という言葉にきらきらと目を輝かせる。

「が、合宿っていいですね。すごく楽しそうです」

「……女の子三人と泊まるのは気が引けるから、俺はパスでいいか？」

「だめだよー。亮介くんに来てもらわないとサクラちゃんが悲しんじゃうもん。ね？」

「は、はい……来てほしいです」

「わーかったよ。俺も行く」

「ふふっ、決まりね。それならまた今度予定を調整しましょう」

わいわい、がやがや。和やかな雰囲気で談笑していた亮介たち四人だったが——

するとそこへ、乱入者がやってきた。

どかーん、と空気を読まずに部屋へと突入してきたのは夏帆だった。

「ごめんねー、お邪魔するよー！」

呆気《あっけ》にとられた四人をよそに、いつになく興奮した様子の夏帆は一直線に瑞穂のもとへと歩み寄ってきた。そして両肩に手を置くとぐっと顔を近づけ、何かを確かめるようにじいっと見つめる。

初対面の印象が最悪だったからか、瑞穂は未《いま》だに夏帆に対して苦手意識を持っているらしい。怯《おび》えきった表情を浮かべており、そんな瑞穂を見過ごせないので、亮介はこつんと夏帆の頭を軽く殴った。

「突然入ってきて、何やってんだ姉さん」

「いったいなーもう……女性に暴力振るうなんて最低だよ亮介」

「そんなことよりも、突然何しに来たんだよ」

すると夏帆はびしっと瑞穂のことを指さし、それから携帯で一枚の写真を表示した。

「この子！　もしかして夏野《なつの》三葉のコスプレやってる、サクラちゃんだったの!?」

「あ、ああ……そうだけど」

「やっぱり！　この写真見てどこかで見たことある子だなーと思ったけど、まさか写真撮ってるのが亮介だったとはねー！　驚きだよ」

感慨深いとばかりに腕組みして何度も首肯する夏帆。一応カメラのお金を工面してもらった恩があるから無下にはできないとはいえ、亮介は白けた表情を浮かべていた。

「それで姉さん、用件は？」

「うんうん。実はね、桜宮ちゃんに頼みたいことがあって」

「わ……わたし、ですか」

警戒心剝《む》き出しの瑞穂に対し、夏帆は無遠慮に近づくとぎゅっとその手を握った。

「あたしさー、同人誌描いてるんだよね！　今はちょうどオンリーイベントに出すために『まじくろ』の同人誌を描いてるんだけど」

「は、はあ」

「桜宮ちゃんのこの写真見てぴんと来ちゃったんだよね。これはお願いするしかないなーと思って」

何となく、嫌な予感がした。

そして、その予感は見事に的中する形となる。

夏帆は両手を胸の前で合わせ、それから——満面の笑みで、頼みを口にしたのだった。

「今度のオンリーイベントで、亮介と一緒に売り子やってくれないっ？」

あとがき

人生で初めてコスプレを見たのはいつだったかなと記憶を辿《たど》っていたのですが、覚えている範囲では中学時代に見た友人の涼宮《すずみや》ハルヒのコスプレ姿が最初でした。ちなみにその友人は男です。周りからドン引きされながらもノリノリで『ハレ晴レユカイ』を踊りきった勇姿を未《いま》だに覚えています。


こんにちは、雨宮《あまみや》むぎです。

この度は本作をお手に取って頂きありがとうございます。

今回はあとがきが二ページということで何を書こうか非常に迷ったのですが、私自身があとがきから読む派なので本編のネタバレは控えつつ作品に関する話をちょこちょこ書いてみようかと思います。

まず本作を執筆した一番のモチベーションは、内気で人見知りなメインヒロインを書いてみたいというものでした。内気で人見知りなキャラってめちゃくちゃ可愛いのにライトノベルのメインヒロインとして書かれることは稀《まれ》なんですよね。こんなヒロインがいてほしい、という想いを作品に詰め込んだつもりです。

もっとも、コスプレという題材と組み合わさったことで瑞穂《みずほ》のキャラクターも初期段階からはかなり変化しました。久しぶりに企画段階のプロットを引っ張り出してみてびっくりしたくらいです。

他に書くことといえば取材の話くらいでしょうか。秋頃に池袋《いけぶくろ》に行ってイベントを覗《のぞ》いたりコスプレショップを回ったりしてみたのですが、本当にコスプレに関わる人たちの熱量を感じました。また機会があったらイベントに参加したいですね。

さて、ここからは謝辞です。

担当編集の岩田《いわた》様、前作に引き続き大変お世話になりました！　企画書から本を作るというのは初めての経験だったので序盤はかなり迷走してしまいましたが、何とかここまで辿りつくことができたのは様々な面でサポート頂けたからです。ありがとうございます。

イラストレーターのｋｒ木様、最高のイラストをありがとうございました！　本当に私のイメージ通り、いやそれ以上の素晴らしすぎるイラストに感無量です。さっそくスマホとパソコンの待ち受けにしました。

また校正者の方、装丁の方、営業や販売の方、その他本作に関わってくださった全ての方に心から感謝申し上げます。ではまた近いうちにお会いできることを願って！

雨宮むぎ

SNS《エスエヌエス》で超人気《ちょうにんき》のコスプレイヤー、教室《きょうしつ》で見《み》せる内気《うちき》な素顔《すがお》もかわいい

著　雨宮《あまみや》むぎ

角川スニーカー文庫　23077

2022年3月1日　初版発行

発行者　青柳昌行

発　行　株式会社KADOKAWA
〒102-8177 東京都千代田区富士見2-13-3
電話　0570-002-301（ナビダイヤル）

印刷所　株式会社暁印刷
製本所　本間製本株式会社

Printed in Japan　ISBN 978-4-04-112304-1　C0193

★ご意見、ご感想をお送りください★

〒102-8177 東京都千代田区富士見2-13-3
株式会社KADOKAWA　角川スニーカー文庫編集部気付
「雨宮むぎ」先生
「kr木」先生

角川文庫発刊に際して

角川源義

第二次世界大戦の敗北は、軍事力の敗北であった以上に、私たちの若い文化力の敗退であった。私たちの文化が戦争に対して如何に無力であり、単なるあだ花に過ぎなかったかを、私たちは身を以て体験し痛感した。西洋近代文化の摂取にとって、明治以後八十年の歳月は決して短かすぎたとは言えない。にもかかわらず、近代文化の伝統を確立し、自由な批判と柔軟な良識に富む文化層として自らを形成することに私たちは失敗して来た。そしてこれは、各層への文化の普及滲透を任務とする出版人の責任でもあった。

一九四五年以来、私たちは再び振出しに戻り、第一歩から踏み出すことを余儀なくされた。これは大きな不幸ではあるが、反面、これまでの混沌・未熟・歪曲の中にあった我が国の文化に秩序と確たる基礎を齎らすためには絶好の機会でもある。角川書店は、このような祖国の文化的危機にあたり、微力をも顧みず再建の礎石たるべき抱負と決意とをもって出発したが、ここに創立以来の念願を果すべく角川文庫を発刊する。これまで刊行されたあらゆる全集叢書文庫類の長所と短所とを検討し、古今東西の不朽の典籍を、良心的編集のもとに、廉価に、そして書架にふさわしい美本として、多くのひとびとに提供しようとする。しかし私たちは徒らに百科全書的な知識のジレッタントを作ることを目的とせず、あくまで祖国の文化に秩序と再建への道を示し、この文庫を角川書店の栄ある事業として、今後永久に継続発展せしめ、学芸と教養との殿堂として大成せんことを期したい。多くの読書子の愛情ある忠言と支持とによって、この希望と抱負とを完遂せしめられんことを願う。

一九四九年五月三日

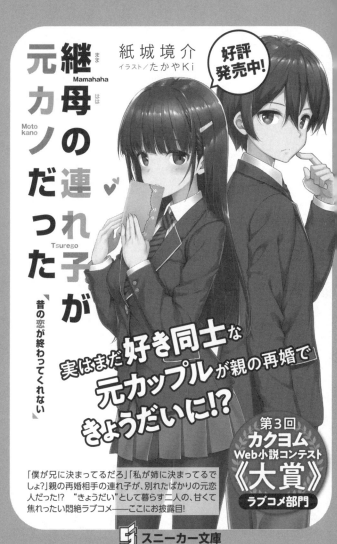

第28回
スニーカー大賞
作品募集中!
大賞300万円
+コミカライズ確約
金賞100万円
銀賞50万円
特別賞10万円
君の紡ぐ物語で
世界を変えよう。
締切必達!
前期締切
2022年3月末日
後期締切
2022年9月末日
詳細は・
ザスニWEBへ
https://kdq.jp/s-award
イラスト/左